BBULMEDIA

www.bbulmedia.com

www.bbulmedia.com

Kerberos

켈베로스

Kerberos

13 켈베로스

BBULMEDIA FANTASY STORY

임준후 현대 판타지 장편 소설

목차

제1장

서울 성북동 외곽.

3층짜리 호화 빌라와 거대한 단독 주택 사이의 골목은 숨을 쉬기 어려울 정도로 긴장된 분위기에 휩싸였다.

털썩.

에드워드의 팔에서 힘이 사라지며 몸이 뒤로 넘어갔고, 뒤이어 이혁이 바닥으로 떨어졌다.

쿵.

핏물이 사방으로 튀었다.

툭.

그제야 잘려 나간 에드워드의 머리가 땅에 떨어졌다.

그는 자신의 죽음을 믿을 수 없다는 듯 어리둥절한 표정을 하고 있었다.

바닥을 굴렀던 이혁은 힘겹게 바닥을 짚으며 상체를 일으켰다. 가로등 불빛 아래 그의 모습이 어슴푸레 드러났다.

에드워드의 피와 자신이 흘린 땀으로 범벅이 된 그의 얼굴은 그로테스크했다.

푸른 안광이 감도는 섬뜩한 눈으로 붉은 벽돌로 된 담장의 아래쪽 어둠을 노려보던 이혁이 입술을 질겅질겅 씹었다.

에드워드의 목숨을 앗아간 어둠은 아무런 반응이 없었다. 방금 전에 일어났던 일은 한순간의 악몽이기라도 한 듯했다.

그러나 아직도 잘려 나간 목에서 피를 뿜고 있는 에드워드의 주검은 그가 꿈을 꾸고 있지 않음을 말해주고 있었다.

'암향무영을 펼칠 수 있는 사람은 이 세상에 나와 사형뿐이다.'

그는 에드워드를 죽인 자가 사형이라 확신했다.

돌아가신 스승에게 말만 들었을 뿐, 얼굴 한 번 본 적이 없는 사형이었지만 확신하는 데는 전혀 방해가 되지 않았다.

암향무영은 천강귀원과 섬뢰잠영, 초연물외의 심공삼절을 모른다면 흉내도 낼 수 없는 초상승의 무예다. 그리고 심공삼절은 스승에게 구술로만 전수받는다.

당연히 외부인은 절대로 알 수 없다. 정통 후계자가 아니라면 암향무영의 오의를 구경조차 할 수 없는 것이다.

'저기 있는 사람은 분명 사형인데… 웃기는군, 사형이 적인지 아군인지 판단이 되질 않는다니.'

에드워드를 죽인 것만으로도 어둠 속에 은신한 자가 그에게 호의적이지 않다는 건 충분히 짐작할 수 있는 일이었다.

게다가 한마디의 말도 건네지 않은 채 지켜보고만 있지 않은가.

이혁은 자신이 오늘 이곳에서 마주한 상황의 이면에 혼란스럽기 이를 데 없는 것들이 숨어 있다는 걸 절감하고 있었다.

오래전부터 암왕의 침입을 대비해 온 것으로 추정되는 저택의 건축 구조, 고대 무예를 익히고 있는 정체불명의 고수들, 사형이라고 추정되는, 하지만 적아가 불분명한 조력자(?)까지.

그의 눈가에 그늘이 졌다.

'적과 어느 정도 거리를 벌리긴 했지만 지금 내 몸 상태로는 시간 여유가 많지 않다. 곧 그들은 나를 발견할 것이다.'

생각을 이어가는 그의 눈빛이 서늘해졌다.

'저자가 에드워드를 죽인 건 내가 추적자를 따돌리고 이곳을 무사히 빠져나가는 걸 원치 않기 때문이라고 봐야겠지. 왜일까? 그것으로 당신은 무엇을 얻을 수 있는 거지?'

그는 새어 나오려는 한숨을 억지로 눌러 참았다.

아마도 시은의 연락을 받은 테일러는 리마와 에드워드를 이곳으로 보내며 마음을 놓았을 것이다.

두 사람은 탁월한 능력자들이었으니까.

이 둘의 조합이라면 이혁이 예상치 못한 위험에 노출된다 하더라도 충분히 도움이 될 것이라고 생각했으리라.

그 생각은 틀린 것이 아니었다. 하지만 세상사라는 게 늘 예측한 대로만 흘러가지는 않는다.

언제 어디서 어떤 변수가 튀어나올지 몰랐다, 지금 이혁이 당면한 현실처럼.

몸이 온전하지 않은 지금의 그에게는 선택지가 많지

않았다. 아니, 그런 생각을 할 시간도 없다고 해야 옳았다.

에드워드가 죽은 이상 다른 지원을 기대하기는 어려웠다.

'테일러를 믿고 싶지만… 타이밍이 맞으려나……'

이혁의 입가에 쓴웃음이 떠올랐다.

테일러는 돌다리도 두드리고 건널 정도로 신중한 사람이었다. 그리고 임무에 돌입하면 이중, 삼중의 안전장치를 마련하고 움직였다.

그런 테일러의 성품을 잘 알았기에 이혁은 일말의 기대를 포기하지 않았다. 하지만 그렇게 막연한 기대에 모든 것을 맡기고 손 놓고 있을 수는 없었다.

그가 걸음을 옮겼다.

발을 움직일 때마다 그의 전신에서 식은땀이 비 오듯이 쏟아졌다.

손가락 하나를 움직이는 것이 산 하나를 움직이는 것처럼 힘이 들었다.

세포의 밑바닥까지 긁어 힘을 뽑아 올려도 몸의 균형조차 유지하기 어려웠다.

세 걸음을 떼었을 때 그는 결국 손으로 벽을 짚었다. 그렇지 않으면 쓰러질 판이기 때문이었다.

피와 땀에 젖은 채로 걸음을 옮기며 이혁은 거친 숨을 몰아쉬었다.

"후욱, 후욱… 빌어먹을… 이네……. 이 속도로는 어림도 없겠다……."

그는 힐끗 뒤를 돌아보았다.

멀리서 어수선한 발자국 소리가 들려왔다.

수십 명이 급박하게 달리고 있음을 알려주는 소리는 그와의 거리를 빠르게 좁혀오고 있었다.

'발견되는 데 10초도 걸리지 않겠군.'

이혁은 손끝을 내려다보았다.

그의 상징과도 같았던 반투명한 붉은빛은 보이지 않았다.

걷기도 힘든 그에게 환상혈조를 끌어낼 힘이 남아 있을 턱이 없는 것이다.

식은땀으로 목욕을 하면서도 이 자리를 피할 수 있는 다른 방법을 찾으려 생각을 거듭했다. 그러나 뾰족한 수가 떠오르지 않았다.

시간 여유가 충분했다면 달랐을지도 몰랐다. 하지만 십여 초 남짓으로는 제대로 걷지도 못하는 그가 할 수 있는 건 아무것도 없었다.

'최악이로구만…….'

이혁은 어느새 윤곽이 뚜렷해진 추적자들, 자신을 향해 달려오는 김충호 일행을 보며 인상을 썼다.

현장에 도착한 김충호와 이정군 등은 죽은 에드워드의 시신과 이혁을 번갈아 보며 얼굴을 굳혔다.

에드워드가 죽은 후 이혁이 걸어간 거리는 5미터 정도에 불과해서 누구나 한 번에 그들을 볼 수 있었다.

김충호는 신중한 기색으로 이혁의 주변을 둘러보았다.

그의 눈앞에 펼쳐진 장면은 비상식적이었다.

이혁을 구해준 것으로 추정되는 인물이 시신으로 변해 있고, 그는 멀리 도망가지도 못했다.

김충호에게는 아주 바람직한 상황이었다. 그러나 이 상황은 그에 의해 이루어진 것이 아니었다.

누군가가 개입했음이 확실한 이상, 경계해야 했다.

원하는 것 없이 수고를 무릅쓰는 자는 없다.

세상에 이것만큼 명확한 진리는 없으니까.

김충호는 발아래 드러누워 있는 에드워드의 시신에서 당시의 정황을 어렵지 않게 읽어냈다.

'이자는 저항도 하지 못하고 죽었다. 근거리 텔레포테이션 능력자가 모습을 드러냈을 때 보이는 짧은 허점을 단칼에 베어버렸다. 그리고 베어진 뼈와 살의 단면이 놀라울 정도로 매끄럽다. 무서운 고수가 손을 쓴 거야. 흠… 그자가 나타난 것인가? 그런데… 이상하군. 왜 이혁을 구해 가지 않은 걸까? 시간은 충분했는데…….'

김충호는 담벼락에 몸을 기대고 있는 이혁을 보며 내심 고개를 갸웃했다.

면밀하게 살펴본 현장은 이해하기 곤란한 것들로 채워져 있었다.

'근거리 텔레포테이션 능력자가 개입할 거라고는 예상을 못했다. 그래서 이혁을 놓칠 수도 있던 상황이었는데… 정체불명의 자가 개입한 덕분에 상황이 반전되었다. 우리에게 다행이긴 하지만, 이상하다. 왜 자신의 사제를 구하지 않고 우리를 도왔을까? 이건 어떻게 해석해야 하는 걸까? 뭔가 우리가 알지 못하고 있었던 게 있는 건가?'

비상식적인 상황이 그의 발을 묶었다.

신중해야 했다.

오늘 밤의 일에 얽혀 있는 자들 중 평범한 이는 아무도 없었다.

그가 만약 한 번이라도 판단 착오를 한다면 판은 언제든지 뒤집힐 수 있었다.

그럴 능력을 가진 자들이 우글거리고 있는 것이다.

그가 움직이지 않자 다른 사람들도 함부로 앞으로 나가지 못했다.

덕분에 이혁은 한숨 돌릴 수 있었다.

'그럴 수밖에 없는 상황이긴 하지만… 김충호… 생각이 너무 많은 자로군.'

이혁은 이를 드러내며 힘없이 웃었다. 그러나 그의 미소를 본 김충호는 더 긴장했다.

이혁의 미소에 다른 의미가 있다고 본 것이다.

그럴 만도 했다.

아무리 배포가 큰 인물이라도 이런 상황에서 웃는 건 비상식적이었으니까.

김충호는 이정군과 최유택에게 눈짓했다.

두 사람이 앞으로 나섰다.

부하들이 그들을 따랐다.

검은 양복을 입은 수십 명의 건장한 사내가 폭 6미터가량의 골목을 메우며 걸어가는 모습은 해일을 연상시킬 정도로 위압적이었다.

'쩝, 한 대씩 쥐어박고 싶은데… 힘이 없군, 빌어먹을…… 흐흐흐.'

이혁은 담벼락에 등을 기대며 속으로 혀를 찼다.

평소의 그였다면 저 정도의 머릿수는 아무런 감흥도

느끼지 못했겠지만 지금은 아니었다.

이정군과 최유택은 그의 2미터 앞에서 걸음을 멈췄다.

그들은 좌우로 나뉘어 이혁에게 접근했다.

그들의 속도는 신중함이 지나쳐서 보고 있는 사람이 하품할 정도로 느렸다.

한 걸음에 2, 3초는 걸리지 않나 싶을 지경이었다.

손을 뻗으면 닿을 정도로 가까워지자 최유택은 두 자루의 칼을 들어 올렸다.

언제든지 손쓸 수 있는 자세를 취하는 최유택을 힐끗본 이정군이 시선을 돌려 이혁을 똑바로 노려보았다.

그의 입술이 달싹였다.

"궁금한 게 많소. 이제 순순히 우리와 함께 가는 게 어떻겠소?"

이혁은 어깨를 으쓱하며 말을 받았다.

"말로 해결 보기에는 너무 늦지 않았나?"

이정군의 눈매가 일그러졌다.

그가 쓴웃음을 지으며 말했다.

"굳이 험한 길로 가겠다면 나도 말릴 생각은 없소이다."

말과 함께 그가 눈짓하자 최유택이 한 걸음 앞으로 나서며 두 자루의 칼을 사선으로 휘둘렀다.

가로등 불빛 아래 은어의 비늘처럼 번뜩이는 칼날에 허공이 소스라치게 놀라는 듯한 신음과 함께 갈라졌다.

스슷, 스팟!

칼날은 이혁의 무릎과 오른쪽 어깨를 노리고 있었다.

의도는 명백했다.

저 칼에 적중된다면 두 발과 한 팔을 잃게 될 터였다.

이혁은 인상을 찌푸리며 눈을 부릅떴다.

서 있을 힘도 없어 담벼락에 등을 기대고 있는 그였다.

다가오는 칼의 궤적은 슬로비디오로 찍은 것처럼 느리게 보였다. 어린아이라도 피할 수 있을 것 같은 검격이었다.

저택 내에서도 그랬지만 저런 칼에 베였다는 것, 그리고 지금 또 베일 거라는 건 수치였다.

돌아가신 스승이 알면 무덤에서 벌떡 일어나 호통을 치리라.

최유택과 그의 무예 수준 차이는 그렇게 심했다. 그러나 지금의 그는 칼날을 피할 수 없었다. 움직일 힘이 없는 것이다.

'쩝… 오늘 밤엔 험한 꼴 좀 볼지 모르겠구나. 누나가 화를 많이 내겠어.'

상황에 걸맞지 않는 말을 속으로 중얼거리며 그는 칼

날을 주시했다.

그 순간.

쐐애애애액—

어디선가 날아든 눈부신 백색의 섬광이 마치 벼락처럼 최유택을 향해 날아들었다.

난데없는 기습에 놀란 그는 이혁을 베어가던 칼을 거두어 가슴 앞에서 교차시켰다.

쾅!

"우와악!"

폭탄이 터지는 듯한 소리와 함께 처절한 비명 소리가 났다.

장내의 인물들은 놀라 눈을 크게 떴다.

그들의 눈에 가슴 윗부분이 산산이 으스러진 최유택의 시체가 피를 사방으로 뿜으며 구겨진 휴지처럼 4, 5미터를 뒤로 날아가는 것이 보였다.

이혁의 눈이 빛나며 입가에 환한 미소가 떠올랐다.

누가 왔는지는 확인할 필요도 없었다.

성스럽게까지 느껴지는 신비로운 백색의 섬광.

수년 동안 그 주인이 오늘 이 순간처럼 반가운 적이 없었다.

"레나……."

그의 중얼거림을 듣기라도 한 것처럼 멀리서 바람처럼 달려오는 레나와 줄리앙의 모습이 보였다.

"켄!"

다급하게 이혁을 부르는 레나의 얼굴은 그녀답지 않게 딱딱하게 굳어 있었다.

비록 아슬아슬하게 현장에 도착했지만 그녀는 담벼락에 힘없이 기대고 서 있는 이혁의 모습만으로 그가 어떤 상황에 처해 있는지 대번에 알아차렸다.

다가설수록 그녀의 얼굴이 진한 살기로 물들었다. 어깨를 나란히 한 줄리앙이 섬뜩해 할 정도로 강한 살기였다.

그녀가 그를 처음 만났을 때와 비견할 수 있을 만큼 이혁의 처지는 좋지 않았다.

최근에 지금처럼 엉망이 된 모습을 본 적이 없었다. 그래서인지 그녀는 걱정과 분노로 머릿속이 하얗게 타들어가는 듯했다.

이혁은 쓰게 웃으며 간신히 손을 들어 레나에게 인사를 했다.

긴장이 풀린 탓인지 다리에 힘이 쭉 빠진 이혁이 기대고 있는 담벼락을 따라 스르르 주저앉았다.

그것을 본 레나와 줄리앙의 걸음이 더욱 빨라졌다.

그때, 레나의 공격을 받은 충격에서 어느 정도 정신을 차린 이정군이 이혁을 향해 손을 뻗었다.

전력을 다한 손길이라 그 속도는 번개처럼 빨랐다.

레나의 얼굴에 무서운 살기가 떠올랐다.

그녀와 이혁과의 거리는 10여 미터가량.

이혁에게서 2미터도 채 안 되는 거리에 있는 이정군보다 빠를 수는 없었다.

그녀는 손을 들어 올렸다. 눈처럼 흰 그녀의 양 손바닥 중심에서 눈부신 백색의 기둥이 쭉 뻗어 나왔다.

빛이 생성됨과 동시에 목적지에 도착할 정도로 빠른 공격.

"흐읍!"

이정군은 급하게 숨을 들이마셨다.

백색의 섬광은 그의 머리와 가슴을 노리고 있었다.

손을 계속 뻗으면 이혁을 잡을 수는 있을 듯했다. 다만, 동시에 그의 상체는 맷돌에 갈린 것처럼 으스러질 것이 분명했다.

그는 입술을 깨물며 손을 거뒀다. 그리고 몸을 비틀며 뒤로 2미터 물러났다.

벼락처럼 허공을 가로질러 날아든 백색의 섬광이 그의 코끝을 스치며 멀어져 갔다.

그의 이마에 식은땀이 송골송골 솟았다. 하지만 공격은 그것으로 끝난 것이 아니었다.

뼈가 익어버릴 듯한 열기와 함께 시뻘건 불길이 골목을 가득 채웠다.

줄리앙이 쏟아낸 불의 해일이었다.

김충호와 뒤에 있던 양복 입은 사내들은 정신없이 물러섰다.

닿기도 전에 옷과 머리카락이 타며 매캐한 연기를 뿜고, 살갗이 익었다.

혹독한 훈련을 거친 자들이었지만 그들이 버틸 수 있는 열기가 아니었다.

지켜보던 김충호의 입술 사이로 무겁게 가라앉은 중얼거림이 새어 나왔다.

"독수리의 발톱인가… 무서운 초상능력……."

감탄만 하고 있을 수는 없는 일.

김충호는 지면을 박찼다.

앞을 병풍처럼 막았던 부하들의 어깨를 밟으며 전진하던 그가 허공으로 새처럼 날아올랐다.

불의 파도마저 바람처럼 뛰어넘은 그는 이혁의 앞을 막아선 레나와 줄리앙의 머리 위에 도착했다.

김충호의 몸이 총을 맞은 새처럼 수직으로 뚝 떨어져

내렸다.

쑤와아아악—

날카로운 파공음이 났다.

수직으로 허공을 내리찍는 그의 양손에는 그때까지 보이지 않던 무기가 들려 있었다.

안쪽으로 휘어지며 움푹 들어간 30센티미터 길이의 날을 가진 그것은 구르카 용병의 무기인 쿠크리를 닮아 있었다.

레나와 줄리앙의 눈빛이 강해졌다.

그들은 원거리 공격에 특화된 초상능력자들이라 근거리 접전에는 그리 뛰어나지 않았다. 그래서 다른 전투에서는 카를로스와 야마다가 그들을 호위하며 근접전을 담당했다. 하지만 두 사람은 이곳에 오지 않았다.

그들은 에이단과 함께 다른 일을 하고 있는 중이어서 몸을 뺄 수가 없었기 때문이다.

물론 카를로스와 야마다에 비교할 수 없는 수준이기는 해도 적의 손에 무기력하게 목숨을 맡길 정도로 형편없지는 않았다.

두 사람은 손에서 붉고 흰 기둥이 솟구쳤다.

김충호와의 거리는 1미터도 되지 않았다.

본래 빛의 기둥들은 공간을 건너뛴다는 느낌을 받을

만큼 빨랐다.

이렇게 가까운 거리에서 그 속도가 더 빠르게 느껴지는 것은 당연한 현상.

빛의 기둥들은 나타남과 동시에 김충호의 몸을 강타하는 것처럼 보였다.

김충호는 이를 악물었다.

그가 무서운 기세로 칼을 휘둘렀다.

서걱, 서걱, 서걱—

칼날이 닿기도 전에 네 개의 빛의 기둥이 무처럼 썰려나가며 크기가 빠르게 줄어들었다.

칼날이 코앞으로 다가오는 것을 본 줄리앙의 몸 전체가 거대한 불길에 휩싸였다.

가공할 열기를 품은 불의 파도가 김충호를 향해 밀려들었다.

무서운 기세로 칼을 휘두르며 불길을 베어내던 김충호가 어쩔 수 없다는 듯 몇 미터 뒤로 물러났다.

시뻘겋게 달아오른 칼을 잡고 있는 그의 손에서 고기 타는 냄새와 함께 지글지글거리는 소리가 났다. 하지만 김충호는 칼을 놓지 않았다. 고통스럽다는 기색도 전혀 없었다.

무엇을 어떻게 했는지 칼의 열기가 눈에 보일 정도로

빠르게 식고 있었다.

동시에 김충호의 발이 조금씩 전진했다.

그의 손에 들린 칼의 끝에서 아지랑이처럼 일렁이는 무언가가 조금씩 형체를 갖춰가는 것을 보며 레나와 줄리앙의 얼굴이 놀람으로 물들었다.

그들은 무예의 초강고수인 이혁과 5년 동안이나 교류하며 그가 사용하는 기법을 코앞에서 봐왔다. 김충호의 칼놀림이 무엇인지 모를 수 없었다.

줄리앙이 낮게 휘파람을 불며 말했다.

"휘이익— 레나, 검기가 극에 달한 고수다. 조심해!"

긴장 때문인지 목소리의 톤이 딱딱했다.

레나가 입술을 삐죽거렸다.

"남 말하지 마!"

말투는 퉁명스러웠지만 그녀의 눈에도 줄리앙과 마찬가지로 긴장된 기색이 엿보였다.

김충호도 만만찮은데 그의 뒤에서 이정군까지 움직이는 걸 본 것이다.

두 사람은 늦게 도착한 탓에 이정군이 싸우는 모습을 보지 못했다. 그래서 그가 얼마나 강한 인물인지 몰랐다.

하지만 지금 그의 전신에서 흘러나오는 기세는 김충호

에 비해도 그리 많이 처지지 않았다.

무시할 수 없는 강자라는 의미였다.

김충호와 이정군의 눈이 마주쳤다.

오랜 세월 동안 동고동락한 이정군은 김충호의 뜻을 바로 알아차렸다.

이정군이 레나를 향해 고개를 돌리는 것을 보며 김충호가 움직였다.

그의 칼이 줄리앙의 정수리로 날아들었다.

스팟!

손이 움직이는 것을 보지도 못했는데 공간이 갈라지며 줄리앙은 정수리가 시원해지는 것을 느꼈다.

안색을 굳힌 그가 손바닥을 활짝 폈다.

손바닥 위에서 어른거리던 붉은 섬광이 폭발적인 속도로 튀어나와 김충호에게 쇄도했다.

쑤와아앙—

김충호는 미꾸라지처럼 적과 백의 기둥 사이를 헤집으며 줄리앙에게 접근했다.

그의 앞에 불의 벽이 일어났다. 하지만 그것은 김충호의 칼날에서 이글거리는 검기에 의해 두 쪽으로 갈라졌다.

연이어 줄리앙의 손에서 불의 섬광이 연속적으로 생성

되더니 포탄처럼 김충호에게 날아들었다.

김충호의 속도가 방금 전보다 배는 빨라졌다.

불의 포탄들은 간발의 차로 그의 몸을 스치며 헛되이 허공으로 사라졌다.

줄리앙의 얼굴에서 핏기가 사라졌다.

김충호와 그의 거리는 이제 1미터도 채 되지 않았다.

김충호는 집요하게 그를 노리고 있었다.

줄리앙은 레나를 돌아보았지만 그녀는 그를 도울 여력이 없었다. 어느새 접근해서 육탄전을 시도하는 이정군을 상대하느라 바빴기 때문이다.

이정군의 손과 발이 레나의 몸을 장막처럼 뒤덮고 있었다.

극한에 달한 속도로 손발을 휘두르기에 잔상이 사라지지 않으며 중첩되고 있어서 벌어지는 현상이었다.

줄리앙은 이를 악물었다.

이마에 송골송골 맺혔던 식은땀이 주르륵 흘러내렸다.

근접전이 약하긴 해도 그는 성인 남성 서너 명을 간단히 상대할 수 있는 격투 능력을 가지고 있었다. 하지만 그런 전투력으로 이렇게 가까운 거리에서 김충호를 상대하는 건 불가능했다.

그는 차원이 다른 무예의 고수였다.

스스슷!

칼날이 기묘한 궤적을 그리는가 싶더니 피분수와 함께 줄리앙의 머리가 허공으로 떠올랐다.

비명도 없었다.

그는 아직도 자신의 죽음을 믿을 수 없다는 듯 눈을 껌벅거리고 있었다.

이정군과 정신없이 싸우고 있던 레나가 줄리앙의 죽음을 보고 안색이 창백해졌다.

김충호는 깊게 숨을 들이마시며 그 자리에 무너지는 적의 모습을 바라보았다. 그리고 칼을 다시 거머쥐며 고개를 들었다.

이혁의 앞에 결연한 표정으로 서 있는 서양 여인이 눈에 들어왔다.

이혁을 손에 넣으려면 먼저 저 여자를 처리해야만 했다.

이정군과 함께라면 얼마 걸리지 않을 터였다.

그렇게 생각하며 막 걸음을 옮기던 그의 얼굴이 확 변했다.

푸슉!

소음기를 통과하는 둔탁한 총성과 함께 김충호의 머리

가 벌컥 뒤로 젖혀졌다.

이마에 붉은 구멍이 난 채 그는 어이없다는 듯 눈을 부릅떴다.

"이런 개… 같은……."

말도 끝맺지 못한 채 그의 몸이 통나무처럼 뻣뻣하게 뒤로 넘어갔다.

털썩!

총격은 줄리앙을 죽이며 김충호의 마음에 생겨났던 찰나의 허를 여지없이 파고들었다.

저격수는 김충호를 죽일 기회를 잡기 위해 동료인 줄리앙의 죽음까지도 이용했다. 그는 죽음의 순간에 그것을 알아차렸다. 하지만 깨달음은 너무 늦었다.

이마를 관통당해 죽음을 맞이한 시체가 할 수 있는 일은 아무것도 없는 것이다.

상상도 못했던 김충호의 허망한 죽음에 레나를 공격하는 이정군의 손발이 어지러워졌다.

그것을 기다렸다는 듯이 다시 총성이 울렸다.

푸슉!

퍽!

"으악!"

이정군의 앞을 막아섰던 사내가 비명과 함께 쓰러졌다.

털썩!

그의 이마에 난 구멍이 아프게 이정군의 눈을 찔렀다.

그 앞에는 검은 양복 사내들이 병풍처럼 늘어섰다.

푸슉!

"으악!"

또 한 명의 양복 사내가 비명을 지르며 쓰러졌다.

"피하십시오!"

이정군은 입술을 깨물며 뒤로 물러났다.

부하들이 이마에 구멍이 뚫리며 하나둘씩 쓰러지고 있었다.

이정군와 검은 양복 사내들은 미친 듯이 뛰어서 골목을 빠져나갔다. 그들은 총탄을 피할 수 있는 위치를 찾기 위해 사력을 다하고 있었다. 그사이에도 일곱 명의 양복 사내가 시체가 되어 쓰러졌다.

레나는 이정군을 쫓지 않았다.

그럴 마음도 없었지만 그래서도 안 되었다. 이 자리에 이혁을 지킬 수 있는 사람은 그녀밖에 없었으니까.

그녀는 고개를 돌렸다.

담벼락에 기대고 앉아 있던 이혁이 그녀를 보며 힘없이 웃었다.

레나는 그의 눈꺼풀이 천천히 내려앉는 것을 보았다. 상황이 어느 정도 정리되는 것을 보고 긴장이 풀려 정신을 놓은 것이다.

레나는 이혁의 어깨를 잡았다.

리마가 엄호할 때 이혁을 데리고 빠져나가야 했다.

목이 잘린 줄리앙의 모습이 가슴을 아프게 했지만 그의 시신을 거둘 시간은 없었다.

그녀는 정신을 잃은 이혁을 가슴에 끌어안고 자리에서 일어났다. 그리고 걸음을 옮겼다.

막 두 걸음을 옮기려던 그녀의 안색이 확 변했다.

휘이이이잉—

난데없이 불어온 세찬 바람이 그녀의 긴 황금빛 머리카락을 헝클어뜨리며 지나갔다.

바람은 그녀 품 안의 이혁까지도 데려갔다.

방금 전까지 안겨 있던 그가 보이지 않았다.

멍한 얼굴로 레나는 자신의 품과 사방을 번갈아 돌아보았지만 그를 찾을 수는 없었다.

"이게……."

말끝을 흐리지 못하던 그녀의 안색이 붉게 달아올랐다.

이 세상에 이런 속도로 움직일 수 있는 초상능력자는

단 한 명뿐이었다.

"오카타 미츠루!"

비명과도 같은 살기 어린 외침이 골목을 뒤흔들었다.

제2장

이자룡은 굳은 얼굴로 창밖의 정원을 보며 주먹을 쥐었다 펴는 행동을 반복하고 있었다.

그의 등 뒤에 이진욱이 두 손을 모으고 고개를 푹 숙인 채 서 있었다.

이진욱은 외부에 그의 최측근으로 알려져 있지만 실상은 그가 공들여 키운 단 한 명뿐인 제자다.

침묵 속에서 깊은 생각에 잠겨 있던 이자룡의 입이 열렸다.

"오카타 미츠루가 이혁을 채갔다?"

혼잣말 같은 질문.

이진욱이 지체 없이 대답했다.

"그렇습니다, 회장님."

"타케시… 제 형에 비하면 정말 인물이라고 할 수 있는 자로구나. 정보 수집 능력이나 행동의 과단성은 그 가문의 선대 어떤 놈한테서도 보지 못했던 수준이다."

그가 혀를 차며 말을 이었다.

"살다 보니 왜놈을 칭찬할 때가 다 오는군."

"죄송합니다. 제가 현장에서 더 주의를 기울였어야 했는데 그렇게 하지 못한 탓에 벌어진 일입니다."

무거운 목소리로 말을 받으며 이진욱은 고개를 더 아래로 푹 숙였다.

허리까지 절반을 꺾은 그는 땅을 파고 머리를 박기라도 할 것 같은 자세였다.

이자룡이 그런 이진욱을 힐끗 보며 말했다.

"네가 그렇게 자책할 필요 없다, 타케시의 개입은 나도 예상치 못했던 일이었으니까. 물론 그렇다고 짜증이 가시는 것은 아니다만… 개잡놈 덕분에 공든 탑이 무너졌다."

중얼거리는 그의 목소리에 섬뜩한 살기가 어렸다.

"언젠가 그 후지와라의 개 같은 놈들을 피 구덩이에 쓸어 넣을 날이 오겠지."

잠시 말을 멈추고 살기를 다독인 그가 손으로 턱을 쓰다듬으며 다시 입을 열었다.

"그자도 막바지에 타케시가 개입해 이혁을 채갈 것이라고는 예상하지 못했을 것이다. 알았다면 그에 대한 대비를 하지 않았을 놈이 아닌데 그런 것은 없었다."

그가 시선을 이진욱에게 돌리며 말을 이었다.

"마지막에 삐끗하긴 했지만 세월이 흘러도 그자의 신중함과 영리함은 퇴색하지 않았다. 여우가 울고 갈 놈이야. 네가 근거리 공간 이동 능력자의 목을 베었을 때 혹시 그자가 나타나지 않을까 기대했는데… 코빼기도 비치지 않았다."

그는 머리를 절레절레 흔들었다.

숨길 수 없는 실망한 기색이 그의 눈 깊은 곳에 똬리를 틀고 있었다.

이진욱이 이자룡의 기색을 살피며 말했다.

"최유택과 김충호는 현장에서 사망했습니다. 이정군과 그의 부하들에게 사람을 붙여놓긴 했습니다만……."

한 번 숨을 들이마신 그가 말을 이었다.

"그들 조직의 특성상 이정군은 김충호의 상급자를 알지 못할 겁니다. 그리고 윗선에서는 이미 드러나 버린 그를 버릴 게 뻔해서 당분간은 추적이 어려울 것 같습니다."

말을 마친 그가 다시 고개를 숙였다.

"뼈아프구나⋯ 지난 수십 년간 그는 온갖 가상 인물로
정체를 바꿔가며 쥐새끼처럼 숨어 다녔다. 간발의 차이
로 그자를 놓친 적이 수십 번이었어. 그런 자를 잡을 수
있었던 절호의 기회였거늘."

이자룡의 목소리에서 짙은 아쉬움이 묻어났다.

"퇴수정 계단에 그자의 이름을 새겨 넣고, 김충호의
사진 배경에 그것을 드러나게 만들었다. 그리고 이소영
이 태양회의 비자금 리스트와 함께 그 사진을 입수하게
해서 영국에 있는 그 죽지도 않는 노괴물 테드에게 가도
록 손을 썼는데⋯⋯."

말을 할수록 화가 나는지 그의 눈매가 일그러졌다.

"테드가 이혁에게 그 사진을 넘긴 건 계획에 없던 일
이었지만 정신 나간 사제가 유력 초인 가문과 능력자들
에게 사진을 퍼트리는 엉뚱한 짓을 한 덕분에 오히려 그
자를 잡을 수 있는 가능성이 높아졌지. 그런데⋯⋯."

그는 탄식하며 이를 갈았다.

"그자는 내 손에 쉽게 잡힐 팔자가 아닌가 보다. 이미
사진을 조작한 배후에 내가 있다는 것을 짐작하고 있었
을 것이다. 그래서 역으로 이혁을 미끼로 삼아 날 끌어내

잡으려 했겠지. 서로 속고 속이는 전쟁이다."

그의 시선이 고개를 든 이진욱의 눈과 마주쳤다.

그가 말을 이었다.

"방심하는 쪽이 먼저 저승행 티켓을 쥐게 되는 그런 전쟁이지. 으드득, 진욱아."

"예, 회장님."

"그자에 대한 추적은 당분간 중지한다. 수십 년 동안 찾지 못했던 놈이다. 꼭꼭 숨은 놈을 찾는 건 시간과 정력의 소비에 불과해. 대신 이혁을 찾아내고 그의 주변을 감시해라. 타케시는 태양회와 보조를 맞추고 있으니 그쪽을 뒤지면 찾을 수 있을 것이다."

"알겠습니다."

"그자는 나를 잡고 싶어 하고, 나도 그자를 잡고 싶다. 그러기 위해서는 이혁을 이용할 수밖에 없다. 그자는 내가 이혁의 사형이라는 것을 알고 있기에 그를 손에 넣으면 결국 내가 나설 것이라고 믿는다. 그래서 이혁을 함정에 빠뜨렸던 것이고. 나는 그런 그자의 심리를 짐작하고 뒤를 칠 기회를 잡으려 했지."

말을 잇는 이자룡의 눈에서 서치라이트를 연상시키는 강렬한 빛이 뿜어져 나왔다.

"그렇게 그자가 사제에게 관심을 가질 수밖에 없기 때

문에 나도 그가 필요하다. 그가 타인의 손에 떨어진다면 난 쓸 수 있는 패가 한정된다. 그런 상황은 달갑지 않아. 그러니까 더욱 사제를 먼저 손에 넣어야 한다."

"즉시 손을 쓰겠습니다, 회장님."

이진욱의 말에 이자룡은 고개를 끄덕였다.

그는 뒷짐을 지며 창밖으로 시선을 옮겼다.

생각에 잠긴 그의 등을 향해 고개를 숙여 인사한 후 이진욱은 방을 나섰다.

홀로 남은 이자룡의 눈가에 무거운 기색이 어렸다.

"하는 짓을 보면 혁이는 아무것도 모르고 있다. 사부님께서는 그 아이에게 아무것도 말해주지 않고 등선하신 거야. 어떤 생각으로 그러셨는지는 알겠지만 당신이 원하셨던 대로 일이 흘러가고 있지 않아. 그 아이도 진실을 알아야 할 때가 되었어."

그의 눈길이 어둠에 잠긴 하늘을 향했다.

아직 새벽은 오지 않았다.

오늘 밤은 무척 길었다.

그의 입술이 달싹였다.

"꿈은 아름답지만 현실은 언제나 시궁창에 가깝고, 포장된 거짓은 달콤하지만 날것인 진실은 늘 씁쓸하지……."

속뜻을 짐작하기 어려운 중얼거림이었다.

*   *   *

유리창으로 들어오는 달빛에 희미하게 방 안의 전경이 드러났다.

두 사람이 마주 앉아 있었다.

한 사람은 방석 위에, 다른 사람은 무릎을 꿇고 엎드린 채로.

똑… 똑… 똑.

이마에서 흘러내린 굵은 땀이 바닥에 떨어지는 소리가 침묵을 깼다.

양손바닥과 무릎을 바닥에 대고 넙죽 엎드린 중년인은 이를 악물었다.

정면에서 휘몰아치고 있는 강렬한 살기에 살과 뼈가 거대한 톱니바퀴에 끼인 채 갈리는 것처럼 고통스러웠다.

그러나 그는 감히 그런 내색을 하지 못했다. 고개도 들지 못했다.

그는 자신이 모시는 분의 노여움을 감당할 자신이 눈곱만치도 없었다.

그저 이 시간이 빨리 지나가길 바랄 뿐이었다.

방 안을 메웠던 살기가 조금씩 가라앉았다.

중년인은 속으로 안도의 한숨을 내쉬었다.

실제 지난 시간은 몇 분 되지 않았다. 그러나 중년인에게는 몇 년처럼 느껴질 정도로 길고 고통스러운 시간이었다.

"이혁은 타케시가 채가고, 기껏 모습을 드러냈던 그놈은 추적도 제대로 못하고 놓치다니. 어떻게 그럴 수가 있느냐? 몇 년에 걸쳐 쏟아부었던 그 많은 노력이 헛수고가 되었어. 진정 어처구니없는 일이 아니더냐… 허허허."

노인은 웃고 있었다. 그러나 중년인은 긴장이 풀어지기는커녕 오히려 더 증폭되었다.

언제나 높낮이가 거의 없는 평이한 어투라 속을 짐작하기 어려웠던 노인의 목소리가 지금은 날이 잔뜩 서 있었기 때문이다.

중년인은 소매를 들어 이마의 땀을 닦아내며 입을 열었다.

"타케시의 움직임을 놓친 제 불찰입니다, 스승님. 이혁이 성북동에 온다는 정보가 그쪽에까지 흘러들어 갔을 거라고는 생각지 못했습니다."

노인의 눈썹이 세차게 꿈틀거렸다.

그의 손이 허공의 한 점을 베어내는 시늉을 하자 3미터는 떨어져 있던 중년인의 오른쪽 귀에서 핏물이 쭉 솟아올랐다.

잘려 나간 귀가 바닥에 굴렀다.

피에 젖어 펄떡거리는 귀를 내려다보는 중년인의 안색이 창백해졌다.

잘려 나가던 순간에는 몰랐던 끔찍한 고통이 해일처럼 밀려와 몸을 사시나무처럼 떨게 만들었다. 하지만 그는 입술을 질끈 깨물며 비명을 삼켰다.

비명을 지르면 다음번에 자신의 머리가 잘려 나갈지도 모른다 예감하고 있었다.

질끈 깨문 입술에서 핏물이 내비쳤다. 공포로 인해 머리가 혼미했다. 그렇지만 정신을 차려야 했다.

생사가 걸린 순간이었다.

외모는 40대 중후반으로 보였지만 그의 실제 나이는 70이 넘었다.

노인은 중년인에게 느리게 늙어갈 수 있는 기적과도 같은 능력을 주었다, 그 대가로 그는 자신의 목숨을 노인에게 맡겼고.

첫 만남 이후로 노인을 모시며 보낸 세월이 30년이었다.

그런 그도 오늘처럼 노인이 분노한 모습을 본 적이 없었다. 그래서 더욱 두려운 것인지도 몰랐다.

노인이 입을 열었다.

"타케시가 어떻게 이혁이 성북동에 나타날 거라는 걸 알게 되었을까?"

중년인은 고통을 참으며 대답했다.

"타케시가 독자적으로 그 정보를 확보했을 가능성은 낮습니다. 태양회가 그에게 정보를 넘겨주었다고 보는 것이 합리적이죠."

노인은 고개를 끄덕였다.

"네 말이 옳다. 태양회와 타이요우의 협력 관계가 생각보다 탄탄한 것 같구나."

그가 말을 이었다.

"군부 정권이 끝난 후, 일본의 직접적인 정치적 영향력이 거의 전부 제거되다시피 한 국내에서 태양회가 돕지 않으면 그들이 얻을 수 있는 정보는 한정적일 수밖에 없지."

짧은 턱수염을 쓰다듬으며 그가 중년인에게 물었다.

"태양회 내의 조력자와 아직도 연락이 되지 않느냐?"

그의 목소리에서 느껴지던 살기가 많이 사라졌다는 걸 느낀 중년인은 속으로 안도의 한숨을 내쉬었다.

"예."

노인의 눈빛이 깊어졌다.

그가 낮게 중얼거렸다.

"무슨 일이 있는 겐가……."

중년인은 지체 없이 말을 받았다.

"별일은 없을 것입니다. 아직 상황이 다 종료된 것이 아니라서 박 회장과 함께 있는 게 아닌가 싶습니다. 그 경우에만 전화를 받지 않으니까요."

그가 말을 이었다.

"그와 연락이 되기만 하면 바로 이혁의 행방을 알 수 있습니다. 태양회의 도움 없이는 타케시도 자유로운 움직임을 보장할 수 없는 게 현재의 국내 사정이니까요."

노인은 고개를 끄덕였다.

그가 태양회에 심어놓은 조력자는 대단하다고 표현할 만큼 직책이 높았다, 그렇게 만들기 위해 오랜 시간 동안 그가 들인 공은 말로 표현하기 어려울 정도였고.

그가 중년인에게 말했다.

"꼬리를 끊어라."

중년인이 머리를 번쩍 들었다.

"이정군은 아직 쓸모가 있습니다. 게다가 그는 김충호의 윗선에 대해서는 아는 것이 아무것도 없는 자입니다."

노인은 고개를 저었다.

"만에 하나의 가능성이라도 무시할 수 없는 국면이다. 노출의 가능성이 있다면 제아무리 작은 위험이라도 내버려 둘 수는 없다."

그의 음성은 단호했다.

더 이상의 이견을 허락하지 않겠다는 의사가 확연했다.

중년인은 고개를 숙이며 대답했다.

"알겠습니다."

노인의 지시가 이어졌다.

"실패로 끝났지만 이혁이 그자를 끌어낼 수 있다는 것은 증명되었다. 태양회의 조력자만 쳐다보지 말고 자체적으로도 이혁을 추적해라."

말을 마친 노인은 중년인을 향해 턱짓을 했다.

"나가보거라."

"예."

중년인은 절을 한 후 일어났다.

방을 나서는 그의 걸음이 바빴다.

노인은 팔짱을 끼며 눈을 반쯤 내려감았다.

"날 속이려 했지만… 공간 이동 능력자의 목을 벤 자는 그놈이 아니었다. 암왕경의 성취가 낮았어. 이혁보다도 못했다. 내가 이혁을 몰랐다면 속았을지도. 아마도 그가 키운 제자 놈이었겠지."

반개(半開)한 눈에서 음산한 빛이 흘러나왔다.

"다른 놈이 지켜보고 있다는 것은 알았지만 그게 타이료오바타의 오카타 미츠루였다는 건 정말 의외였다. 기감은 초상 능력자인 오카타의 것과는 크게 달랐었는데……."

중얼거리던 그의 미간에 굵은 주름이 파였다.

"혹시 오카타가 아니었을 수도 있지 않을까. 산 것도 죽은 것도 아니었던 그 느낌은 초상 능력자들에게서 받을 수 있는 게 아니었어. 그렇다고 암왕의 것이라고도 생각되지 않았는데… 뭐였을까. 익숙한 느낌이었는데……."

띄엄띄엄 말을 이으며 생각을 거듭하던 그의 안색이 딱딱하게 굳었다.

무언가 떠오른 듯했다.

그가 멍한 눈빛으로 중얼거렸다.

"…설마… 이시이의 마루타?"

자신이 한 말에 놀란 듯 그의 척추가 꼿꼿해졌다. 그리고 힘이 들어간 주먹에 푸른 힘줄이 지렁이처럼 돋았다.

"말도 안 되는! 하지만… 내 느낌이 옳다면?"

굳게 닫힌 그의 입에서는 더 이상의 말이 흘러나오지 않았다.

반개했던 눈이 감겼다.

그의 볼살이 푸들거리며 가늘게 떨리고 있었다. 그만큼 그는 자신이 내린 결론에 큰 충격을 받은 것이다.

*　　　　*　　　　*

철벅.

웅덩이처럼 고인 핏물이 무릎을 붉게 적셨다. 그 느낌이 이정군의 마음을 더욱 참담하게 만들었다.

무릎을 꿇은 그는 이마에 구멍이 난 김충호의 머리에 부들부들 떨리는 손을 얹었다.

그는 아직도 자신의 죽음이 믿기지 않는 듯 눈을 부릅뜨고 있었다.

생명과 함께 빛도 사라진 눈이었다. 하지만 눈매를 보는 것만으로도 죽음의 순간, 그가 어떤 마음이었는지를 쉽게 알 수 있었다.

이정군은 손바닥을 천천히 아래로 쓸어내렸다.

김충호의 눈이 감겼다.

"사부님⋯⋯."

이정군의 눈에 물기가 맺혔다.

그는 상승의 무예를 익히기에는 늦었다고 할 수 있는 스물세 살 때 불혹의 나이에 접어들던 김충호와 인연이 닿아 제자가 되었다.

무예에 관한한 그의 자질은 보기 드물게 뛰어난 것이었다. 하지만 이미 뼈가 굳어진 뒤에 김충호를 만난 터라 아무리 노력해도 스승을 만족시킬 만한 성취를 얻지는 못했다.

그래서 그는 스승의 마음을 기쁘게 할 수 있는 일이라면 그것이 무엇이든 최선을 다하며 살아왔다.

이번 임무도 그랬다.

그는 긴 시간에 걸쳐 준비했고, 최선의 노력을 쏟아부었다. 그러나 결과는 무자비했다.

원하던 것은 구경도 하지 못했을 뿐만 아니라, 하늘처럼 존경하던 스승도 죽임을 당했다.

이정군은 텅 빈 눈으로 하늘을 올려다보았다.

가슴이 찢어지는 것처럼 아팠지만 눈물도, 곡소리도 나오지 않았다.

몸속이 말라 비틀어져 버린 듯했다.

부하들에 의해 통제된 현장은 적막한 어둠에 잠겨 있

었다. 불이 꺼져 있던 집들이 하나둘씩 환해지고 있었다. 경찰도 곧 들이닥칠 터였다.

"모시겠습니다, 사부님……."

김충호의 시신을 조심스럽게 품에 안고 자리에서 일어서려던 그의 안색이 확 돌변했다.

머리에서 이질감이 느껴졌다.

자신의 턱과 머리가 누군가의 손아귀에 들어가 있었다.

"어떻게 이런……."

자신의 머리를 잡은 자가 손에 힘을 준다면 그의 목뼈는 수수깡처럼 부러질 터였다.

아무것도 느끼지 못했는데 그는 제압당한 것이다.

모깃소리처럼 작게 웅얼거리는 음성이 그의 머릿속에 울려 퍼졌다.

"가네무라는 어디에 있느냐?"

이정군은 자신도 모르게 진저리를 쳤다.

목소리는 저 먼 땅속 깊은 곳에서 올라오는 것처럼 음산했고 기괴했다.

어떻게 이런 일이 가능한지 알 수 없었지만 목소리는 귀를 통하지 않고 머릿속으로 직접 파고들었다.

전설적인 무예인 혜광심어와 비슷했지만 이정군은 그

것을 떠올리지 못했다.

공포로 가득 찬 그의 머릿속은 하얗게 변한 뒤였기 때문이다.

이제까지 한 번도 하지 못했던 경험이었다.

그는 안간힘을 다해 숨을 들이마셨다.

하얗게 변했던 머릿속이 진정되는 듯했다. 그제야 그는 자신에 던져진 질문에 의혹을 느꼈다.

'이자는 왜 가네무라의 행방을 내게 묻는 것이지?'

그가 억눌린 음성으로 말했다.

"모른다, 나도 그자를 찾고 있다."

그 말이 끝나자마자 이정군의 머리를 잡고 있던 자의 손이 움직였다.

우두둑!

목뼈가 부러진 머리가 등 뒤로 홱 돌아갔다.

털썩!

바닥에 쓰러진 그도 김충호와 마찬가지 심정인 듯 눈도 감지 못한 채 죽었다.

장내에 살아 움직이는 사람은 아무도 없었다.

한바탕의 악몽처럼 이정군을 죽인 자의 흔적은 어디에서도 보이지 않았다.

                    *   *   *

이혁의 눈꺼풀이 파르르 떨렸다.

"후우… 후우……."

거친 숨소리가 입술을 비집고 흘러나왔다.

전신이 예리한 톱날에 의해 살갗이 썰리는 듯한 고통에 노출되어 있었다.

휘이이이익—

칼날을 연상시킬 정도로 두터운 질감이 느껴지는 바람이 눈을 파고들었다.

통증에 익숙해진 이혁은 눈에 힘을 주었다. 시야에 들어오는 주변의 풍경이 찰나지간에 바뀌고 있었다.

그는 무시무시한 속도로 움직이고 있는 자의 옆구리에 턱 끼인 채 축 늘어져 인형처럼 덜렁거리고 있었다.

그는 다시 눈을 감았다.

아직도 그의 몸은 저택 안에서 당한 무연몽혼산의 지배하에 있었다.

한 줌의 내력도 운용할 수 없는 그는 보통 사람보다 좀 더 단단한 육체를 소유하고 있는 평범한 남자일 뿐이었다.

이런 칼바람을 버텨낼 수 있는 몸 상태가 아닌 것이다.

그것을 말해주듯 드러난 그의 피부는 가뭄이 든 논바닥처럼 갈라져 있었다. 그리고 그 틈으로 시뻘건 핏물이 스며 나와서 온몸을 붉게 물들였다.

언뜻 보면 사람인지 악귀인지 구분이 안 갈 정도로 그 몰골은 처참했다.

그는 눈을 감은 채로 눈살을 찌푸렸다.

레나의 품에서 정신을 잃으면서 자신이 눈을 떴을 때 보게 될 거라고 생각한 장면이 있었다.

그러나 방금 전에 그가 본 장면은 예상했던 것과는 하늘과 땅만큼이나 큰 차이가 있었다.

'뭔가 꼬였군. 이 속도는?'

그는 자신을 납치(?)한 자의 정체를 바로 알아차렸다.

예전에도 이름은 알고 있었던 데다가 얼마 전 강원도에서는 직접 그 능력을 목격하기도 한 자다.

일이 어떻게 된 건지 추측하는 건 어렵지 않았다.

'이놈은 타케시 휘하의 초상 능력자인 오카타 미츠루다. 레나가 막지 못했군. 별일은 없었겠지. 리마가 원거리 지원을 하고 있으니까 위험하지는 않을 거야. 쩝……'

그의 입가에 쓴웃음이 떠올랐다.

지금 그의 코가 석 자나 빠진 상황이었다. 한가하게

레나를 걱정하고 있을 때가 아닌 것이다.

그가 짧은 생각에 빠져 있는 동안 오카타는 5킬로미터를 더 이동했다.

이혁은 쓰게 웃었다.

'역사에 남을 만한 광속도로군. 성북동에서 몇십 킬로미터는 멀어졌겠어. 그런데 이자는 어디를 가려는 거지? 이런 속도를 더 유지하는 건 무리일 텐데?'

초상 능력은 경이로운 힘이지만 그것을 펼치는 시간은 한정되어 있었다.

펼치는 것이 뼈와 살로 이루어진 사람인 이상, 한계가 존재하기 때문이다.

그것을 넘어서면 몸이 폭발해 버린다.

죽는 것이다.

이혁의 생각을 읽은 것일까.

파파팟!

달리던 자의 발밑에서 먼지와 돌조각이 튀면서 거짓말처럼 움직임이 멈췄다.

휘이이잉—

갑작스레 생겨난 돌개바람이 두 사람의 몸을 휘감으며 하늘로 올라갔다.

오카타가 팔을 풀었다.

털썩!

이혁이 땅에 떨어지며 먼지가 일어났다.

그제야 눈을 떴다.

그가 있는 곳은 어둠에 뒤덮인 산속의 공터였다.

멀리 보이는 산등성이들이 아담했다.

풍광으로 보아 그가 있는 곳도 그리 높은 산은 아닌 듯했다.

공터를 둘러싸고 있는 나무의 키도 3, 4미터 정도에 불과했고 나뭇잎이 쌓여 있지 않은 바닥은 마른 흙이 드러났다.

이혁은 몸을 움직여 하늘을 보고 누웠다.

검은 하늘에 은가루를 뿌린 듯한 별의 바다가 펼쳐져 있었다.

도시에서는 볼 수 없는 아름다운 모습이었지만 그것에 오래 시선을 줄 수는 없었다.

사실 그의 눈에 멋진 밤하늘은 들어오지도 않았다.

코앞에 허리를 구부리고 자신을 내려다보고 있는 남자가 너무 거슬렸기 때문이다.

별다른 표정이 없어 무료하게까지 보이는 얼굴의 그는 170센티미터 정도의 키에 얼마나 말랐는지 길쭉한 뼈에 가죽을 씌워놓은 것 같았다.

햇볕에 바싹 탄 피부는 흑인처럼 검었고, 단춧구멍처럼 작은 눈에 턱까지 뾰족해서 생김새는 정말 볼품없었다.

사내가 우물거리듯 입술을 움직였다.

"정신이 들었나?"

그가 누군지 짐작하고 있지 않았다면 한국인이라고 생각할 수밖에 없을 정도로 유창한 한국어였다.

"보시다시피."

툭 던지는 것 같은 이혁의 짧은 대답에 기분이 상했는지 사내의 이마에 가는 주름 몇 개가 잡혔다.

"신경 긁지 마라. 보스가 살려서 데려오라고 하지 않았다면 넌 벌써 내 손에 목이 잘렸을 거야."

이혁은 피식 웃었다.

"무서워서 식은땀이 다 날 것 같은 협박이네."

그는 이어서 덤덤한 어투로 물었다.

"타케시는 아직 도착하지 않은 건가?"

오카타의 눈가에 새파란 살기가 어른거렸다.

그가 말했다.

"함부로 그분의 이름을 혀에 올리지 마라. 한 번만 더 주제넘는 소리를 한다면 대가를 치르게 해주마. 보스는 널 죽이지 말라고 하셨다, 혀를 뽑지 말라는 말씀은 없으

섰어. 험한 꼴 겪지 않고 싶으면 지금 내가 한 말을 기억해 두는 게 좋을 거다."

그때 우측의 나무 그늘 아래서 남녀가 뒤섞인 다섯 명을 거느린 단단한 체격의 중년 남자가 걸어나왔다.

그가 오카타를 향해 말했다.

"오카타, 그만해라. 그런 협박이 통할 상대가 아니다."

굵고 매력적인 저음.

이번에는 영어였다.

"늦으셨습니다, 보스."

오카타가 그를 향해 허리를 깊이 숙였다.

"예상보다 많은 자가 너의 뒤를 쫓고 있더군. 그자들의 면면을 훑어보느라 시간이 지체됐다."

중년인, 타케시 후지와라가 빙긋 웃었다.

그는 오카타가 이혁을 확보한 후 약속 장소까지 이동하는 동안 발생할지도 모르는 만약의 사태를 대비해 부하들과 함께 오카타의 퇴로를 보호하는 역할을 하며 이곳까지 왔다.

타케시를 본 이혁이 미소를 지으며 말했다.

"5년 만인가? 그런데도 별로 반갑지가 않군."

그의 입에서 나오는 말도 영어가 되어 있었다.

타케시가 눈을 가늘게 뜨며 말을 받았다.

"그건 좀 아쉽군. 나는 자네를 다시 만나서 반가워 미칠 것 같은 상태라서 말일세. 내가 갑하산에서 자네로부터 받은 호의를 갚아줄 수 있는 날을 얼마나 기다려 왔는지 아는가?"

타케시는 말을 하며 이혁과의 거리를 좁혔다.

이혁이 소리 없이 웃으며 말을 받았다.

"내가 그런 걸 알겠나? 난 남자에게는 관심이 없어."

"호오, 이런 처지에서도 농담을 할 여력이 남아 있나? 이렇게 만나지 않았다면 친구가 되고 싶을 정도로 자네는 정말 재미있는 남자야."

이혁이 인상을 쓰며 말을 받았다.

"친구? 꿈 깨시지. 죽은 것도 아니고 산 것도 아닌, 기괴한 자들과 일하는 당신 같은 사람을 친구로 삼는 건 정말 사양하고 싶거든."

그 말을 들은 타케시는 입맛을 다셨다.

눈빛이 사나웠다.

본전도 찾지 못하는 느낌에 기분이 좋지 않아진 것이다.

이혁의 앞에 도착한 타케시가 걸음을 멈췄다.

그때 오카타가 불쑥 끼어들었다.

"보스, 장소를 옮기시죠. 곧 추적자들이 들이닥칠 겁니다."

타케시와 타이료오바타 대원들 사이엔 권위적인 격식이 존재하지 않았다. 서로에게 언제든 하고 싶은 말을 할 수 있었다. 그렇게 하도록 분위기를 만든 건 물론 타케시였다.

그는 소통이 되지 않는 조직은 위기 시 내부에서부터 붕괴된다는 지론을 갖고 있는 남자였다.

타케시가 고개를 돌려 오카타를 보았다.

"추적자들과의 거리를 확인해 봐라. 네 말이 맞다만 더 이상 궁금증을 참기 어렵다. 잠깐이면 된다."

"알겠습니다, 보스."

휘이익—

휘파람을 닮은 세찬 바람 소리와 함께 오카타의 모습이 환상처럼 그 자리에서 사라졌다.

그는 고개를 숙여 이혁을 내려다보았다. 두 사람의 시선이 마주쳤다.

타케시가 입을 열었다.

"갑하산에서의 일전 이후로 나는 자네를 꼭 다시 만나고 싶었다네. 반드시 알아내야만 할 것이 있었기 때문이지."

말을 잇는 그의 눈빛이 스산해졌다.

"자네를 만나면 묻고 싶은 게 처음에는 한 가지였네. 그런데 이제는 두 가지가 되었어. 둘 다 너무 중요해서 나로서는 도저히 가치의 선후를 정할 수 없는 것들을 자네는 모두 갖고 있네."

말이 이어질수록 그의 눈 깊은 곳은 스산함 대신 이글거리는 뜨거운 열기로 가득 찼다.

반면 이혁의 눈은 심연처럼 깊이 가라앉아 갔다.

타케시는 조금 높아진 목소리로 말을 이었다.

"자네가 고문 따위에 쉽게 입을 열 남자가 아니라는 것 정도는 나도 아네, 그런 저급한 짓을 하고 싶지도 않고. 그래서 이렇게 길게 말하고 있는 것일세."

열기로 가득 찬 눈에 얼핏 간절하게까지 보이는 빛이 스쳐 지나갔다.

그의 심정을 알 수 있는 눈빛이었다.

"내게 협조하겠다는 한마디만 해준다면 앞으로 자네의 안전뿐만 아니라 자네가 하고자 하는 일을 돕는 데 나와 내 가문의 모든 힘을 쓰겠다고 약속하겠네."

타케시와 싸워본 적이 있기에 이혁은 지금 그의 말이 입 발린 거짓말이 아니라는 것을 직감했다.

그나 타케시처럼 일정한 한계를 뛰어넘은 고수들은 싸

울 때 성격이 드러난다.

성격이 음침하거나 겉과 속이 다른 인물이 고수가 되면 전투에서 암수와 속임수를 즐겨 쓴다.

반면 의지가 강하고 한 입으로 두말하지 않는 성격의 인물은 패도에 가까울 정도로 직선적인 강대강의 전투 성향을 보인다.

타케시는 후자였다.

살면서 거짓말을 아예 안 하는 사람이 있다면 그건 백 퍼센트 거짓말이리라.

그도 어떤 경우에는 분명 거짓말을 했을 것이다. 그러나 그러한 전투 성향을 가진 인물이 중요한 거래에서 거짓말을 할 가능성은 극히 낮았다. 그러니 지금 하는 말은 진심일 가능성이 대단히 높았다.

허락만 한다면 이혁은 안전해질 뿐만 아니라 앞으로 태양회를 상대하는 일에 큰 도움을 받을 수 있는 것이다.

이 세상에서 태양회의 내부 사정을 가장 잘 아는 외부 조직은 후지와라 가문이 이끄는 타이요우이니까.

이혁의 입술이 달싹이며 낮은 목소리가 흘러나왔다.

"당신이 진심이라는 건 충분히 알겠어. 하지만 번지수를 잘못 짚었어. 나는 당신에게 협조할 마음이 눈곱만치도 없거든."

타케시의 안색이 딱딱하게 굳었다. 열기로 가득 찼던 눈도 얼음장처럼 차갑게 변했다.

그가 눈빛만큼이나 차가운 목소리로 말을 받았다.

"자네가 한국인이고 내가 일본계이기 때문인가? 아니면 타이요우가 태양회를 지원했던 과거의 관계 때문인가? 말해주게, 왜 그렇게 성급한 결론을 내린 것인지."

이혁은 피식 웃었다.

"훗, 당신이 말한 것들이 내게 영향을 미치고 있다는 걸 부인할 수는 없겠지. 하지만 결정적인 건 아니야. 당신이 어떻게 봤는지 모르겠지만 나는 그 정도로 민족 감정에 충실한 한국인이 아니거든. 희한하게 돌아가는 이 나라에 그만한 애착을 갖고 있는 것도 아니고."

이혁이 한 말은 그의 속마음을 솔직하게 표현한 것이었다.

본래 이혁은 애국심이 강한 남자가 아니었다. 굳이 어느 정도인지를 따진다면 이 시대의 청년 대부분이 갖고 있는 것과 비슷한 수준이었다.

어린 시절 부모와 형들을 비극적으로 잃은 사정을 알게 된 뒤에도 그는 애국심이 특별하게 강해지지 않았다.

오히려 사람들이 말하는 애국이나 민족이라는 말에 반감이 강해졌다고 보는 게 옳았다.

그의 가족들은 정의와 애국, 민족, 인간의 존엄성이라는 가치에 삶을 바쳤지만 돌아온 건 태양회에 의한 죽음과 끝없이 쫓기는, 살얼음판을 걷는 듯한 처절함밖에 없었으니까.

게다가 이혁이 외국을 떠돌며 바라본 한국은 여러모로 이해하기 힘든 구석이 있었다.

이 나라 사람들은 좁은 땅덩이에서 서로 편을 갈라 싸우느라 정신이 없었다.

주로 힘과 돈, 그리고 권력을 가지고 있으며 여론까지 주도할 수 있는 계층 사이에서 이루어지고 있는 싸움은 이혁에게 헛웃음을 짓게 만들 정도로 수준이 낮았다.

상대방에 대한 이해도, 대화도, 결론도 없었다.

민주주의가 대화와 타협에 기반한 정치체제라는 것에는 아무도 관심이 없는 것처럼 보일 정도로 그들의 싸움은 천박하고 저열했다.

이런 싸움은 정치, 경제, 사회, 문화 어느 분야든 상관없이 벌어졌다.

수십 년의 싸움을 거치며 각 분야와 지역에서 토호 세력이 된 자들에게는 자신의 이익이 최우선일 뿐인 것처럼 보였다.

그들에게 강자와 약자의 조화로운 삶이나 공동체의 번

영 따위는 의미 없는 미사여구에 불과했다.

나라 밖에서 본 이혁의 눈에 이 나라의 지도적 위치에 있는 엘리트 그룹은 보통 사람들을 이끌 희망적인 비전이나 차원 높은 이상을 갖고 있는 것 같지가 않았다.

오직 자신을 반대하는 상대를 없애는 것만이 지상 과제인 것처럼 보일 뿐이었다.

고래 싸움에 새우 등 터지고 있는 건 힘없는 약자들이었고, 글로벌 스탠더드에서 점점 멀어지고 있는 건 국가였다.

다른 나라들은 달리고 있는데 한국은 제자리 뛰기만 열심히 하고 있었다.

현상 유지라도 한다면 다행이지만 불행하게도 그렇게 보이지 않았다.

최근 몇 년 동안은 일관성 있게 뒷걸음질도 쳤던 것이다.

그렇게 한국이 이념과 지역, 경제적 계층에 따른 소모적인 싸움에 골몰하고 있는 동안, 세계는 급변하고 있었다.

이혁은 그렇게 변화하는 세상, 진화하는 인간의 한복판에 서 있었다.

그런 그에게 한국은 특별히 관심을 가질 만한 나라가 아니었다.

자신의 고향이며 진혼의 적, 지상에서 쓸어버려야 하는 자들이 살고 있는 땅이라는 의미를 갖고 있는, 그저 그런 곳에 불과했다.

전에도 애국심이 강한 편이 아니었지만 나이가 들수록 점점 더 그런 감정, 남들이 애국, 애족심이라고 부르는 것들이 희미해져 가고 있었다.

타케시가 굳은 얼굴로 말을 받았다.

"그럼 이유가 뭔가? 자네의 마음을 바꿀 수 있다면 가능한 모든 것을 양보할 수 있네."

이혁은 타케시가 진심이라는 것을 다시 한 번 확인할 수 있었다. 그래서 웃음이 나왔다.

둘은 지향점이 완전히 달랐다.

하긴 그는 이혁과 자라온 환경도 다르고 세상과 인간을 바라보는 시각도 극과 극처럼 차이가 났다.

그런 그들의 지향점이 비슷하다면 그것도 웃기는 일이긴 했다.

아무튼 타케시는 자신과 이혁의 차이가 무엇인지를 명쾌하게 파악하고 있지 못했다.

그 때문에 저렇게 무의미한 질문을 반복하고 있는 것이다.

이혁이 입을 열었다.

"꿈 깨. 뭔가를 내게 양보한다고 풀릴 수 있는 문제가 아니야. 나는 태양회뿐만 아니라 대전에서 그따위 짓을 한 타이요우도 그냥 놔두지 않을 생각이거든. 거듭 말하지만 당신과 나는 친구로 만날 팔자가 못 된다니까?"

"왜지? 왜 그 마음을 바꿀 수 없는 거지? 자네 입으로 애국심 때문에 움직이는 건 아니라고 했지 않나!"

"거 참, 말귀 정말 못 알아듣네. 애국심 아니라니까. 난 그저 힘을 가진 자들이 그렇지 않은 사람들을 수단으로 삼고, 그들의 인생, 나아가 목숨까지도 쓰레기처럼 소멸시켜 버리고도 아무렇지 않게 영화를 누리며 사는 걸 그냥 내버려 두고 싶지 않을 뿐이야."

그의 눈동자가 차가운 빛을 발했다.

타케시는 어이가 없다는 듯 풀썩 웃었다.

"자네는 지금 자신이 무슨 말을 하고 있는지 알고 있는 건가? 자기가 가진 강대한 힘을 그런 의미 없는 일에 쓰려 한다고? 역사를 돌아보게. 세상을 지금 이 시대로 이끌고 온 사람들은 강자였어. 그들이 역사의 방향과 발전 속도를 결정지었네. 그 안에서 혜택 받은 약자는 수십, 아마도 수백억 명은 될 거야."

그는 냉혹한 어조로 말을 이었다.

"자네가 말하는 그런 싸움은 의미 없을 뿐만 아니라

약자에게도 도움이 되지 않아. 인간은 지능 덕분에 만물의 영장이 되었지만 여전히 본질은 짐승일세. 그래서 이 세계가 이루고 있는 시스템의 본질은 약육강식일 수밖에 없어."

그의 목소리는 확신에 차 있었다.

"이런 세상에서 강자가 약자를 보호하지 않는다면 어떻게 될 것 같나? 자애로운 강자의 품 안에서 약자들은 목숨을 연명하고 평화를 누릴 수 있네. 강자가 자신들의 세상을 유지하는 과정에서 발생하는 소수 약자의 희생은 불가피하다는 것을 모르는가? 오히려 약자들에게 더 많은 것을 보장하기 위해서 강자들은 더욱 강해져야 한다고 나는 믿네."

이혁은 피식 웃었다.

"완전히 약자들을 울타리 안의 양으로 생각하는 자비로운 늑대님 나셨네."

그의 어투에 배어 있는 진한 비웃음에 타케시의 안색이 굳어졌다.

이혁이 덤덤한 어조로 말을 이었다.

"뭘 그렇게 복잡하게 생각해. 당신은 그런 약육강식의 세상에 살아. 나는 당신이 좋아하는 그런 세상에서 살기 싫어. 난 누가 울타리 안에서 보호해 주는 세상에서 털

깎이다가 나중에는 뼈와 살까지 내줘야 하는 삶은 싫다고. 나는 자유롭게 살다가 죽고 싶다고, 어느 누구의 자비도 구걸하지 않으면서!"

말을 받는 타케시의 말투가 스산해졌다.

"말은 그럴싸하지만 자네도 또 다른 늑대가 아닌가? 묘하게도 잡아먹는 게 아니라 양을 지키고 싶어 하는 별종이긴 하지만."

이혁은 피식 웃었다.

"벽창호가 따로 없구만. 말귀 진짜 못 알아듣네. 나는 양을 지키고 싶어 하는 게 아니야. 그냥 그들이 무엇을 선택하든, 설령 제 발로 지옥으로 걸어 들어가고 싶어 한다 해도 그냥 내버려 두라고 말하는 거야."

그의 눈빛이 강해졌다.

"자비로운 보호라는 미명. 이런 표현도 웃기지만 그런 자기 합리화 속에 그들의 삶을 제멋대로 재단하고 이용하는 당신 같은, 힘을 가진 자들의 꼬라지를 보면 배알이 뒤틀린다는 거라고."

눈빛만큼이나 말투도 강해졌다.

"누가 당신들에게 그런 권한을 주었는데? 내 삶을 재단할 권리는 이 세상 그 누구에게도 없어, 다른 사람도 마찬가지고. 내가 어떻게 살지는 내가 결정해. 그러니까

끼어들지 마, 짜증나니까. 알아들었어?"

타케시는 입을 다물고 허리를 폈다. 더 이상의 대화는 불필요하다는 것을 깨달은 것이다.

그들 사이에 있는 견해의 차이는 지구와 안드로메다처럼 넓었다. 스타트랙의 엔터프라이즈호라도 있다면 몰라도 그 견해차를 좁힐 방법은 없었다.

잠시 이혁을 내려다보던 타케시가 무표정한 얼굴로 중얼거렸다.

"자네만큼이나 나도 짜증나네. 쉽게 갈 수 있는 길을 어렵게 돌아갈 수밖에 없게 되었으니까. 말로 풀 수 없게 되었으니 기대하게. 원하는 것을 얻기 위해서 내가 얼마나 잔인해질 수 있는지 자네는 곧 온몸으로 경험하게 될 걸세."

"기대하지."

이혁은 큰대자로 누우며 하늘을 올려다보았다.

동쪽 하늘이 조금씩 밝아지고 있었다.

여명이었다.

이혁의 시선을 따라 고개를 돌리던 타케시의 눈에도 희미하게 밝아오는 하늘의 모습이 보였다.

그때 한줄기 바람이 불며 장내에 오카타가 나타났다.

그가 타케시를 보며 말했다.

"보스, 빨리 자리를 뜨셔야겠습니다."

그의 어조에 어려 있는 불안한 기색을 읽은 타케시가 안색을 굳혔다.

"그 정도로 여유가 없나?"

오카타가 고개를 저었다.

"아닙니다. 여러 조직이 이곳으로 오고 있지만 몸을 피할 시간적 여유는 충분합니다. 그런데… 느낌이 좋지 않습니다. 뭔가 보이지 않는 게 빠르게 접근하고 있는 듯합니다."

타케시의 눈빛이 신중해졌다.

오카타는 말수가 적은 만큼 그가 하는 말 중 의미 없는 말은 거의 없었다.

"알았다."

그가 고개를 돌려 부하 중 한 명을 돌아보았다.

"히로시, 그자를 들어라."

2미터는 됨직한 근육질의 거인이 한 걸음 앞으로 나섰다.

"예, 보스."

히로시가 이혁을 들어 짐짝처럼 옆구리에 끼는 것을 보며 타케시가 오카타에게 말했다.

"너는 계속 주변을 살펴라."

"알겠습니다."

오카타가 바람처럼 자리를 뜨자 타케시가 걸음을 옮겼다. 이혁을 옆구리에 낀 히로시와 부하들이 그의 뒤를 따랐다.

제3장

양평 용문산 자락.

쐐애애액.

공기가 찢어지는 듯한 소리가 나며 어둠을 뚫고 사람의 그림자가 환상처럼 나타났다. 형태가 기괴한 그것은 누군가를 업고 있었다.

눈을 부릅뜨고 보아도 잔상만 남을 정도의 속도로 산속을 전진하던 그림자의 걸음이 멈췄다.

멀리 용문사의 거대한 은행나무가 보이는 지점이었다.

그림자의 등에 업혀 있던 사람이 입을 열었다.

"내려줘, 레나."

딱딱하게 굳어 있지만 맑은 음성은 여자의 것이었다.

레나는 입술을 질겅질겅 깨물었다.

평소에는 금실을 뽑아 만든 것처럼 탐스러웠던 금발의 머리카락이 땀에 푹 절어 얼굴에 달라붙어 있었다.

그녀의 등에서 내린 리마가 말했다.

"우리끼리 추적하는 건 효율이 떨어진다는 걸 인정할 수밖에 없어. 저들의 흔적이 교란되고 있어. 저쪽에 추적술의 전문가가 있다는 뜻이야."

레나의 눈이 커졌다.

그녀가 아는 한 리마는 세계 최정상급의 추적술을 갖고 있었다.

"너도 힘들다고?"

리마는 고개를 끄덕였다.

"추적은 가능해. 하지만 교란된 흔적들을 분석하면서 쫓는 건 시간이 너무 걸려."

"그럼 어떡하자고? 지금도 저들이 켄에게 무슨 짓을 하고 있는지 모르잖아!"

리마의 눈이 뜨거워졌다.

"보스가 걱정되는 건 나도 마찬가지야. 하지만 조급하게 군다고 당장 구할 수 있는 건 아니잖아. 보스를 납치한 놈들은 타이요우의 타이료오바타잖아."

상대를 떠올린 그녀의 목소리에 살기가 어렸다.

"그들이 뭉치면 레나도 상대하기 힘들 정도로 강하다며? 저들이 남긴 흔적은 한두 놈 것이 아니야. 적어도 일곱 이상이야. 그러니까 우리가 저들을 찾아도 문제라고. 우리끼리라면 보스를 구하기도 전에 우리가 먼저 죽을 거야."

레나는 입술을 깨물다 그것만으로 부족했는지 손톱을 잘근잘근 씹었다.

안타까움과 걱정으로 속이 얼마나 탔는지 도자기처럼 투명하던 피부도 검어졌다.

리마가 손목에 차고 있는 스마트워치를 눈짓으로 가리키며 말을 이었다.

"테일러에게 문자를 보냈어. 그가 방법을 찾고 있을 거야."

"우리는?"

"추적이 힘들다고 했지, 불가능하다고는 하지 않았어. 보스는 포기를 몰라. 그건 나도 마찬가지야."

리마의 어투에서 강한 의지를 읽은 레나의 눈에 물기가 맺혔다.

그녀는 자신보다 어린 리마의 말을 들으며 불안이 희석되는 것을 느꼈다.

레나는 다시 리마를 등에 업고 달리기 시작했다.

오카타에 비할 바는 아니지만 보통 사람보다 몇 배는 빠른 속도였다.

*　　　　*　　　　*

바람처럼 달리며 타케시는 오카타가 사라진 방향을 돌아보았다. 그가 들릴 듯 말 듯 작은 목소리로 중얼거렸다.

"쯧… 당분간은 어쩔 수 없이 태양회의 박 회장 얼굴을 계속 볼 수밖에 없겠군."

그의 어투에서 내키지 않는 기색이 잔뜩 묻어났다.

이혁이 협조를 거부한 이상, 앞으로도 여러모로 태양회의 도움이 필요했다.

박철규를 통해 태양회와 관계를 복원한 타케시였지만 그들과의 지속적인 협력 관계는 내키지 않았다.

두 조직 사이에는 그가 협력을 탐탁지 않게 여길 수밖에 없는 사정이 있었다.

타이요우와 태양회는 설립 시기가 비슷했다.

두 조직 모두 2차 대전이 끝난 후 설립되었고, 한국전

쟁 시기를 거치며 조직의 기틀을 다졌다.

조직을 만든 설립자들 사이에 인연도 깊었다.

태양회를 만든 박태호와 타이요우를 만든 리쿠 후지와라는 731부대의 초인 연구에 깊이 관련되었던 인물들이었다.

때문에 설립 초기, 그들이 서로를 도운 것은 자연스러운 수순이었다.

타이요우는 태양회를 경제적으로 지원하고, 반대로 태양회는 한국 내부의 정보를 타이요우에 넘겨주면서 결속을 유지했다.

전후 미국으로 건너간 리쿠 후지와라는 후지와라 컴퍼니를 세워 막대한 부를 축적했다.

후지와라 컴퍼니는 신약을 개발해서 다국적 제약 회사에 판매를 맡기고 로열티를 받는 회사다.

왜 직접 판매에 뛰어들지 않는지 이해가 가지 않을 정도로 그 분야에서 세계 최고의 기술을 보유하고 있다고 평가 받는 회사이기도 하다.

후지와라 가문은 신약 로열티로 들어오는 막대한 자금으로 태양회를 지원했다.

그들의 도움이 없었다면 태양회는 설립 초기에 진혼의 공격으로 흔적도 없이 사라졌을 것이다.

그 대가로 태양회는 한국 내부의 고급 정보들을 타이 요우로 넘겼다.

두 조직의 밀월이 지속되면서 친일과 친미가 복합된 성향을 가진 자들의 한국 내 인맥도 공고하게 구축되었다.

그런 불평등한 관계 때문에 태양회가 자력으로 조직을 경영할 수 있는 수준이 될 때까지 타이요우는 갑의 위치를 유지할 수 있었다. 하지만 그들의 밀월 관계는 1990년대가 되면서 틀어졌다.

외부에서 기적이라고 평가할 정도로 한국 경제가 빠르게 성장하면서 태양회는 1990년대 중반, 완전한 자립의 기틀을 마련할 수 있었다.

권력을 장악한 군부가 재벌과 동침하면서 만들어진 한국 경제 시스템은 그들에게 축복과도 같았다.

속된 말로 그들은 자신들이 만든 권력 인맥의 보호를 받으면서 음지에서 막대한 돈을 쓸어 담을 수 있었던 것이다.

자금이 풍부해진 태양회가 타이요우의 지원을 받을 이유는 없었다.

그때부터 태양회는 타이요우를 갑으로 대우하지 않았고, 두 조직의 관계는 대등한 수준에 가깝게 재정립되었다.

하인처럼 부리던 자들이 목에 힘을 주고 뻣뻣하게 구는 걸 타이요우를 이끄는 후지와라 가문이 좋아할 리는 만무했다.

당연히 타이요우와 태양회의 관계는 소원해졌다.

완전히 등을 돌렸다고 할 정도는 아니었지만 예전 같은 밀월 관계는 끝이 났다.

그러다가 5년 전, 둘 사이의 관계가 결정적으로 틀어지게 된 일이 벌어졌다.

후지와라 가문이 대전에서 태양회도 모르게 무시무시한 비밀 실험을 하던 사실이 대량 학살과 함께 드러난 것이다.

사건이 일단락된 후, 현장을 조사한 태양회는 그곳에서 후지와라 가문의 차기 주인으로 예정되어 있던 다이키가 초인 연구와 관련된 연구를 한 흔적들을 발견했다.

그 사건 이후 두 조직은 의례적인 인사조차 오가지 않을 정도로 관계가 단절되다시피 했다.

이번에 이혁이 벌인 일이 아니었으면 그런 관계는 지속되었으리라.

이혁은 인상을 썼다.

히로시가 얼마나 힘을 주었는지 그가 팔뚝으로 휘감고 있는 허리가 끊어지는 듯했다.

'이 자식, 언제 나하고 좋지 않은 일로 얽힌 적 있었나? 팔에 힘 들어가는 게 감정이 만만찮게 있는 거 같은데, 기분 탓인가……..'

지금 그는 수년 동안 경험해 본 적이 없는 무기력한 몸으로 위기 속에 던져져 있었다.

타케시가 그의 몸을 결박하지 않은 것만으로도 그의 몸 상태가 얼마나 최악인지 충분히 알 수 있었다.

이런 상황에 처한 사람이라면 초긴장하며 위기를 타개하기 위해 머리에 열이 날 지경으로 궁리를 하는 게 정상이었다.

하지만 이혁의 머릿속은 물론이고 얼굴 피부 어디에도 긴장하고 있는 기색은 보이지 않았다.

하룻밤 사이에 너무 많은 일이 한꺼번에 벌어진 때문인지 황당하게도 이혁은 느긋한 기분까지 느끼고 있었다.

타케시 일행이 그의 속을 읽었다면 어처구니없어 했으리라.

'그나저나 그자들이 푼 독이 아주 지독하군. 부패 성분은 회혼술로 진행을 틀어막긴 했는데 산공 성분이 사라지지가 않아. 내 힘만으로 벗어나려면 반나절은 더 필

요할 것 같다. 쩝… 이자들이 내게 그럴 시간을 줄 리 없고… 어쩐다…….'

이혁의 미간에 굵은 골이 패였다.

이놈, 저놈이 그를 가지고 노는 중(?)에도 마냥 넋 놓고 있는 건 아니었다.

일단은 몸을 무력하게 만든 독을 없애야 했다. 생사회혼술이라면 충분히 독을 깨끗하게 제거할 수 있었다. 하지만 그에 필요한 시간을 반나절 이하로는 줄일 수가 없었다.

물론 생사회혼술이 없었다면 그가 무연몽혼산에서 회복하는 데는 한 달 이상이 필요했다.

회혼술이 회복 시간을 기적에 가깝게 단축시켜 주기는 했지만 안타깝게도 그 이상을 바라는 것은 무리였다.

휙휙휙—

눈을 뜨기 어려울 정도로 세찬 바람이 얼굴을 때렸다. 그래도 아까처럼 칼로 베는 것 같지는 않았다.

히로시가 타케시의 속도에 보조를 맞춰 움직인 덕분이었다.

타케시 일행은 야트막한 언덕을 두어 번의 도약으로 건너뛰었다. 그리고 십여 미터의 절벽은 평지나 다름없이 뛰어내렸다.

아무것도 그들을 막을 수 없어 보였다. 그야말로 거침없는 질주였다.

그들은 동남쪽을 향해 일직선으로 달렸다.

온몸으로 바람을 맞으며 그 질주를 지켜보는 이혁의 머릿속이 복잡해졌다.

'이자들은 어떻게 이런 초상 능력을 얻은 것일까. 태양회는 약물로 신체를 강화시키는 방법을 통해서 능력자를 만들어냈다. 하지만 이들은 태양회의 능력자들과는 느낌이 다르다.'

그는 눈을 가늘게 뜨고 등을 보인 채 달리고 있는 타케시를 보며 생각을 이어갔다.

'731부대에서 행해졌다는 초인 연구 자료의 일부를 타이요우도 얻었다. 그것을 계속 발전시키는 과정에서 얻어진 것들을 이자들에게 시행했겠지. 아마도 그것일 거야.'

그의 눈이 깊어졌다.

'약물을 이용했을 수도 있겠지. 하지만 그보다⋯ 이들은 내공을 운용하고 있어. 내가무예를 상당한 수준까지 익힌 자들이다. 그리고 약과 내력 외 다른 것도 섞인 느낌이야. 뭘까⋯⋯?'

그의 상황은 최악이라고 할 수 있었다.

납치된 데다 몸은 손가락 하나 움직이기 어려울 정도로 무기력했다.

그럼에도 그의 눈동자는 절망에 빠져 있는 사람의 그것이 아니었다.

그는 본래 지나치다 싶을 만큼 낙천적인 성격이다, 주변 지인들이 단순함의 극치라고 표현할 정도로.

아무리 힘든 순간이라도 포기하지 않는다.

영원히 계속되는 고통의 순간은 세상에 존재하지 않는다고 믿었으니까.

지금도 마찬가지였다.

그는 이 순간도 결국 지나갈 시간의 일부일 뿐이라는 믿음을 버리지 않는 것이다.

물론, 희망을 포기하지 않았다고 해서 현실의 암담함이 사라지는 건 아니었다.

'암담하지, 암담해… 빌어먹을……'

그가 볼 때 타케시 일행 중에 현재 가장 까다로운 상대는 오카타였다.

그는 자신의 주력 능력을 마음껏 발휘하고 있었다.

외부에는 광속의 남자라고 알려져 있지만 그는 단순히 속도에 특화된 능력만 가진 자가 아니었다.

그는 타이료오바타의 47인 대원 중에 추적과 은폐술

에 대한 조예가 가장 높았다.

지금 타케시 일행이 움직인 뒤에 남은 흔적을 소멸시키고, 엉뚱한 곳에 단서들을 흩뿌려서 추적자들을 혼란에 빠뜨리고 있는 자도 그였다.

덕분에 타케시 일행과 추적자들 사이의 거리는 계속해서 멀어졌다.

그런 일련의 움직임을 지근거리에서 전부 보고 있는 이혁의 기분이 좋을 리가 없었다.

희망이 점점 더 희미해지고 있었으니까.

그렇게 십여 킬로미터를 더 전진했을 때였다.

히로시의 옆구리에서 덜렁거리던 이혁의 눈빛이 묘해졌다. 그의 시선이 느리게 주변을 훑었다.

타케시 일행은 경기도와 강원도의 남쪽 경계인 오갑산을 지나고 있는 중이었다.

이혁의 안색이 굳어졌다.

불길한 느낌이 점점 강해지고 있었다.

그의 시선이 왼쪽의 숲에 화살처럼 꽂혔다.

'뭔가… 있다……!'

*   *   *

용문산이 보이는 작은 야산의 중턱.

별이 은가루처럼 뿌려진 듯한 밤하늘이 아지랑이처럼 일렁였다. 지면에서 1미터 떨어진 허공에 남녀가 뒤섞인 세 명의 외국 노인이 유령처럼 모습을 드러냈다.

떠 있는 채로 중앙의 키 작은 외국인 할머니가 허리를 두드렸다.

"이렇게 정신없이 뜀박질하는 게 대체 몇십 년 만인지 모르겠네. 역시 나이는 속일 수 없어. 힘들구만."

노파의 말에 오른쪽에 있던 노인이 무슨 가당치도 않은 말을 하느냐는 표정으로 입을 열었다.

"최근 제가 들어본 말 중에 가장 재미있는 농담이로군요. 모르는 사람이 들으면 정말인 줄 알겠습니다, 멜리사."

멜리사는 혀를 끌끌 찼다.

"콜튼, 자네가 이래서 프레드릭에게 예의 없는 친구라는 소리를 듣는 걸세."

그녀가 왼쪽의 노인을 힐끗 보며 말을 이었다. 아마도 그가 '프레드릭'인 듯했다.

"노인이 말을 하면 믿는 시늉이라도 하는 게 예의야."

"죄송합니다, 멜리사. 앞으로는 믿는 시늉을 더 많이 하도록 하겠습니다."

콜튼이 웃으며 말했다.

둘의 대화를 듣는 프레드릭의 입가에도 미소가 떠올랐다.

입을 다문 멜리사가 고개를 들어 하늘을 보았다.

콜튼과 프레드릭은 멜리사를 방해하지 않기 위해 숨소리를 죽였다.

검기만 하던 동쪽 하늘이 조금씩 회색으로 물들어가고 있었다.

그것을 보는 멜리사의 눈동자가 바다처럼 깊은 빛을 발했다.

마음이 타버릴 정도로 급박한 와중에 그녀가 걸음을 멈춘 것은 하늘의 기운을 읽기 위함이었다.

잠시 후, 그녀가 무겁게 가라앉은 눈으로 중얼거렸다.

"켄을 노리는 자의 느낌은 분명 영혼이 없는 마리오네트의 그것인데… 하지만… 믿어지지가 않아… 불멸자들이 사라진 세상에 이렇게 핏빛 일색인 기운이 있을 수 있다니… 대체 누가 이렇게 끔찍한 것을 만든 것인지……."

들릴 듯 말 듯 작은 목소리였다. 하지만 콜튼과 프레드릭은 그녀의 음성에 깃들어 있는, 끝을 알 수 없는 근심을 어렵지 않게 읽을 수 있었다.

콜튼이 멜리사의 손을 잡으며 말했다.

"멜리사, 지나친 걱정은 건강을 해칩니다. 지금도 충분히 무리하고 계세요."

멜리사가 고개를 저었다.

"저 마리오네트만 아니라면 나도 이리 조급해하지 않았을 걸세. 하지만 저건… 저것이 켄을 쫓고 있다는 게 정말 불안해. 테일러가 조금만 더 일찍 연락해 주었으면 좋았을 것을……."

그녀의 입술 사이로 안타까움과 걱정이 뒤섞인 탄식이 흘러나왔다.

콜튼이 고개를 숙이며 말을 받았다.

"제가 그를 만났어야 했는데… 계속 길이 엇갈렸습니다."

멜리사가 씁쓸하게 웃으며 콜튼의 손등을 가볍게 다독거렸다.

"그걸 어떻게 자네 잘못이라 하겠나. 그 아이가 얼마나 바쁘게 돌아다녔는지 모르는 사람이 없는 걸."

옆에서 프레드릭이 웃으며 말했다.

"켄이 해준 동양의 격언 중에 최선을 다하고 하늘의 뜻을 기다린다는 말이 있었잖습니까. 우리는 그저 최선을 다하면 되지 않을까 싶습니다, 멜리사."

멜리사가 고개를 끄덕였다.

"그래, 그다음엔 이 나라의 하늘이 켄을 사랑하기를 진심으로 기도해야겠지."

멜리사가 한 걸음 내딛었다.

"가세나."

그 한마디와 함께 야산에서 사람의 흔적은 찾을 수 없게 되었다.

*   *   *

이상함을 느낀 사람은 이혁만이 아니었다.

선두에서 전진하던 타케시가 걸음을 멈추며 주먹을 들어 정지신호를 했다.

그들 일행이 걷고 있는 길은 사람이 낸 것이 아니라 산짐승에 의해 만들어진 것이었다.

폭이 좁았고, 수십 년 된 커다란 나무들이 병풍처럼 늘어섰다. 그리고 길은 무릎까지 오는 잡풀로 빼곡하게 뒤덮여 있었다.

사람의 흔적이 느껴지지 않는 길이었다. 하지만 이혁은 물론이고 타케시도 그 느낌에 동의하지 않는 듯했다.

두 사람의 시선이 동시에 전방의 왼쪽에 자리 잡은 숲

을 향했다.

타케시의 시선이 향한 왼쪽의 숲은 다른 곳보다 큰 나무가 많았다. 그래서 더 어두웠고 금방이라도 무언가가 뛰어나올 것처럼 음산한 기운이 감돌았다.

스팟—

마침 뒤쪽의 추적자들을 교란하러 갔던 오카타가 바람 소리와 함께 모습을 드러냈다.

일행이 걸음을 멈춘 것을 의아한 듯 둘러보다가 그는 타케시의 얼굴에 떠오른 심상치 않은 기색을 느끼고 바짝 긴장했다.

말없이 쏘는 듯한 눈으로 숲을 응시하던 타케시가 입술을 열었다.

"오카타."

"예."

타케시가 눈짓으로 서쪽의 숲을 가리키며 말을 이었다.

"저곳을 살펴봐라. 단, 적의 유무만 확인해라. 조우시 전투는 불가. 즉시 돌아와라."

그의 말투는 안색만큼이나 딱딱하게 굳어 있었다.

"알겠습니다, 보스."

즉시 대답하긴 했지만 오카타의 가슴에 의혹이 뭉게구

름처럼 일어났다. 하지만 그는 아무것도 묻지 않고 고개를 숙였다.

오랫동안 타케시의 휘하에서 동고동락해 온 그였다.

그의 감각과 예측 능력이 얼마나 적중도가 높은지 잘 알고 있는 것이다.

두 사람의 대화를 들은 타이료오바타 대원들의 얼굴에 긴장된 기색이 떠올랐다.

타케시가 오카타에게 만약의 경우에도 싸우지 말고 몸을 피하라고 지시한 것이 마음에 강한 경각심을 불러일으켰기 때문이다.

정체 모를 상대가 강하다고 느껴지지 않는다면 내릴 이유가 없는 지시였다.

대원들은 히로시와 이혁을 가운데 두고 사방을 경계하며 전투태세에 돌입했다.

숲과의 거리는 멀지 않아서 오카타는 발을 움직임과 동시에 그 앞에 도착했다.

언제든 가속할 수 있는 상태로 숲으로 들어섰다.

낯선 침입자의 등장에 놀란 새와 벌레들이 바쁘게 달아나며 생겨난 작은 푸드덕거림과 무언가 스치는 미세한 소리가 끊임없이 귀를 파고들었다.

오카타는 날카롭게 빛나는 눈으로 사방을 훑으며 초감각을 극한까지 끌어올렸다.

그는 '가속' 능력자인만큼 감각도 다른 능력을 가진 사람들보다 뛰어났다.

가속 상태에서 장애물을 만났을 때 정확히 반응하지 못하면 충돌을 피할 수 없다. 그리고 그가 움직이는 속도로 장애물과 충돌하면 결과는 당연히 사망, 그것도 바위와 부딪친 계란의 모습을 한 죽음이 될 수밖에 없었다.

그런 개죽음을 피하기 위해 그의 감각은 자연스럽게 극한까지 발전했다.

고통스러울 정도로 예민해진 초감각에 숲의 움직임이 손에 잡힐 것처럼 선명하게 다가왔다.

풀을 휘감아 나가는 작은 바람, 나뭇잎의 가는 흔들림, 휘청거리는 풀줄기에 매달린 작은 벌레들의 느린 움직임.

오카타는 눈살을 찌푸렸다.

근처 수십 미터 이내의 모든 움직임을 체크했지만 그 안에 위험하다고 느껴지는 존재는 포함되어 있지 않았다.

'보스는 분명 이곳에 무언가 위험한 것이 숨어 있다고 판단하셨다. 그런데 보이지가 않아.'

그의 눈에 살기가 번들거리기 시작했다.

'어떤 놈인지 찾아내야 한다. 보스를 긴장시킬 정도의

적의 기습을 허용한다면 팀에 사상자가 많이 날 수도 있어.'

타케시와 타이료오바타에 대한 그의 충성심과 소속감은 절대적이었다.

이곳에서 위험한 것을 찾아내지 못한다면 그건 자신의 능력 부족이었다.

타케시가 잘못 느꼈을 수도 있다는 생각은 하지도 않는 것이다.

그의 모습이 흐릿해지더니 흔적도 없이 사라졌다.

대신 숲속엔 사방을 미친 듯이 헤집는 한 가닥의 은밀한 바람이 생겨났다.

십여 분 후, 오카타가 다시 모습을 드러냈다. 수색을 시작할 때보다 표정이 더 안 좋아져 있었다.

2평방킬로미터를 이 잡듯이 뒤졌지만 기대했던 적을 발견하지 못했기 때문이다. 하지만 성과가 전혀 없었던 건 아니었다.

'30미터 이내에서 날 지켜보는 자가 있다. 이건 착각이 아니야. 하지만… 놈의 시선이 어디에 있는지 방향조차 가늠이 되지가 않아.'

능력자인 그가 자신을 주시하는 눈길의 주인이 어디에 있는지 방향 추적조차 못한다는 건 있을 수 없는 일이었다. 그러나 그 불가능할 것 같은 일이 실제로 벌어졌다.

그것이 의미하는 바는 하나밖에 없었다.

오카타의 눈빛이 음산해졌다.

'놈은 타인의 감각을 교란시키는 능력을 가지고 있는 것 같다, 거기에 절정에 달한 은신술까지. 쉽게 만나기 어려운 정상급의 프로페셔널이다.'

적이 숨어 있음을 확신했으니 타케시의 지시대로 돌아가 보고하는 것이 순서였다. 하지만 오카타는 그렇게 하지 않았다.

적의 존재는 이미 타케시도 감지했다. 그래서 그를 숲으로 들여보낸 게 아니던가.

그것이 무엇이든 구체적인 결과물을 손에 넣지 못한 채로 돌아가 타케시에게 '적이 있는 것 같다'고 보고하는 건 의미도 없을 뿐만 아니라 자신이 무능하다고 자인하는 것이나 마찬가지였다.

오카타는 한층 신중해진 얼굴로 천천히 몸의 방향을 바꾸며 주변을 살폈다.

아무리 사소한 것이라도 결코 그냥 넘어가지 않겠다는 각오가 단단하게 깃들어 있는 눈빛이었다.

교란당한 초감각으로 적을 잡는 건 불가능했다. 이 상태에서는 맨눈으로 적을 발견할 수밖에 없었다.

3십 미터는 오카타에게 한걸음에 왕복할 수 있는, 아주 짧은 거리였다. 그 안에 있는 것이 확실한데도 적의 종적은 발견되지 않았다.

신경이 곤두선 오카타의 시선이 두 번이나 훑고 지나간 낮은 덤불 지역을 다시 스쳐 지나갔다.

그로부터 십여 미터밖에 떨어져 있지 않은 곳이었다.

덤불 지역을 지나 눈을 움직이던 오카타의 어깨가 움찔했다. 방금 훑어본 지점에서 무언가가 그의 마음을 잡아당겼다.

고개를 돌려 덤불 지역에 시선을 던졌다.

자신의 시선을 끌어당긴 지역을 샅샅이 훑던 오카타의 눈매가 스산해졌다.

지역의 물건들은 처음과 마찬가지로 아무런 변화가 없어 보였다. 하지만 그것은 사실이 아니었다.

덤불 위의 허공이 마치 여러 겹의 비단이 포개진 것처럼 미묘하게 일그러져 있었다.

그것을 확인하자마자 오카타의 모습이 꺼지듯 그 자리에서 사라졌다.

적의 종적을 맨눈으로 확인한 이상 이곳에 머물 이유는 사라졌다. 돌아가 보고해야 했다.

오카타의 속도는 타이료오바타 내에서만이 아니라 능

력자 세계에서도 따를 자가 없다는 평을 받을 정도로 빨랐다.

전투에서 그를 이길 수 있는 능력자는 많을지 몰라도 도주하는 그를 잡을 수 있는 사람은 없을 거라는 게 능력자들의 공통된 의견이었으니까.

오카타 스스로도 그런 자신감을 갖고 있었다, 그 어떤 능력자도 자신을 잡을 수 없을 거라는.

하지만 그는 자신이 자신감이라고 부르던 것이 하늘 높은 줄 모르는 자의 치기 어린 오만이었다는 것을 깨달아야만 했다.

쾅!

"흐윽!"

날벼락이 치는 소리와 고통스런 신음 소리가 함께 났다.

이동하던 방향에 나타난 철벽(?)과 정면충돌한 오카타의 모습이 드러났다.

그는 비틀거리며 뒤로 물러났다.

충격으로 정신이 없는 듯 그는 가속하지 못했다. 두 눈도 초점을 잃고 크게 흔들렸다.

십여 걸음 물러나던 그의 뒷걸음질이 멈췄다.

정신을 차리기 위해 머리를 흔들며 정면을 향하는 그

의 두 눈은 불신으로 찢어질 듯 커져 있었다.

능력을 각성한 초기에 몇 번 장애물과 충돌한 적은 있었다.

그러나 그 시기를 지난 후 2십여 년이 넘도록 그는 이동하는 와중에 앞을 가로막는 장애물과 충돌한 적이 없었다.

정신적인 충격도 컸지만 몸이 받은 타격도 엄청났다.

코와 입술이 뭉개져 온 얼굴이 피로 칠갑을 했다. 위아래 앞니가 대여섯 개 부서졌고, 갈비뼈도 몇 개 나갔다.

상체를 조금만 움직여도 뼈가 저릴 듯한 고통으로 몸이 떨렸다.

가속한 상태에서 발생한 정면충돌이었으니 죽지 않은 것만도 다행이었다.

'으으으… 대체 뭐가 앞을……?'

흔들렸던 초점이 모이며 눈앞이 밝아졌다.

제4장

오카타의 얼굴이 시체처럼 창백해졌다.

그의 눈에 들어온 건 신장이 2미터를 훌쩍 넘는 거인이었다.

검은색의 반팔 티와 같은 색의 무릎까지 오는 반바지를 입은 거인의 온몸은 청동빛을 띤 거대한 근육으로 뒤덮여 있었다.

오카타는 철탑처럼 우뚝 서 있는 거인의 가슴과 정면으로 충돌한 것이다.

시선을 마주친 그는 전신에 얼음물을 뒤집어쓴 것처럼 차갑게 식었다.

'어떻게 저런 눈이…….'

거인의 눈동자는 흰 자위가 없었다. 온통 검은색으로 채워진 두 눈은 끝없는 동굴처럼 깊었고, 용암처럼 이글거리는 살기와 폭발하는 듯한 광기로 가득 차 있었다.

오카타는 살기가 강한 타이료오바타 대원들과 수십 년을 동고동락하며 무수한 전투에 참여했다.

하지만 적아를 막론하고 저 거인과 같은 눈을 가진 자는 한 번도 본 적이 없었다.

'싸워서는 답이 안 나오는 자다.'

그는 거인과의 싸움을 0.1초도 망설이지 않고 포기했다.

가속 능력 외에는 전투 능력이 뛰어나지 않은 그로서는 감당할 수 없는 자였다.

거인을 주시하며 오카타는 우측으로 슬며시 걸음을 옮겼다. 그의 가슴이 호랑이를 만난 사슴처럼 벌떡거렸다.

'만약 나를 막은 것이 우연이 아니라면…….'

덤불 지역의 허공이 일그러지는 것을 보고 반대쪽으로 달리던 그는 거인과 충돌하며 멈춰서야 했다.

만약 두 지점에 모두 거인이 있었던 것이라는 가정이 옳다면…….

오카타는 자신도 모르는 사이에 진저리를 쳤다. 온몸

에 굵은 왕소름이 돋아 있었다.

슬로비디오를 찍는 것처럼 천천히 움직이며 거인의 눈치를 살피던 오카타의 숨소리가 잦아들었다.

가속을 준비하는 것이다.

거인은 그런 오카타를 타는 듯한 검은 눈동자로 주시할 뿐 움직이지 않았다.

태도만 보면 다시 막을 생각이 없는 것 같았다. 하지만 오카타는 눈에 보이는 게 진실이 아니라는 걸 아는 자였다.

'이번에 막히면 죽는다…….'

오카타는 철든 후로 한 번도 찾지 않았던 신에게 기도라도 드리고 싶은 심정이 되었다.

죽음을 코앞에 두었던 전장에서도 약해지지 않았던 마음이 언제 깨질지 모르는 유리그릇처럼 변해 있었다.

너무도 무서워서 생각도 제대로 하기 힘들었다.

오카타는 콘트리트처럼 견고했던 정신이 지진을 만난 것처럼 급격하게 무너지고 있다는 것을 깨달았다.

그리고 그런 비정상적인 심리 상태를 유발시키고 있는 게 거인의 검은 눈동자라는 것도 알아차렸다.

문제는 정신이 붕괴되고 있다는 것을 알면서도 막지 못하고 있다는 점이었다.

아무리 다잡으려고 해도 소용이 없었다.

그것이 그를 더욱 두렵게 했다.

'보스에게 알려야 한다.'

자신을 주시하는 거인의 눈을 보며 오카타는 이를 악물었다. 그의 모습이 흐릿해졌다.

마음을 먹는 것과 동시에 몸이 가속하고 있었다. 그러나 다른 때와는 결과가 달랐다.

오카타는 눈앞의 사물이 전혀 변하지 않고 있다는 것을 알았다. 가속은 유지되고 있었지만 몸은 1센티미터도 이동하지 않은 채 제자리를 유지했다.

거인이 잡은 것은 아니었다.

그는 여전히 그 자리를 지키며 오카타를 바라보고 있을 뿐이었으니까.

시선을 틀어 자신의 어깨를 돌아본 오카타의 몸이 부들부들 떨렸다.

그의 양쪽 어깨 위에는 정체를 알 수 없는 자의 손이 놓여 있었다.

전체적으로 옥을 깎은 듯 매끄러운 데다 손가락이 길고 고와서 남자의 것이라곤 생각되지 않는 손이었다. 하지만 손의 아름다움 따위가 눈에 들어올 리가 없었다.

언제 자신의 어깨 위에 놓였는지 알 수도 없는 데다

보고 있는데도 무게가 의식되지 않는 기괴한 손에 의해 그는 움직임이 완전히 제압된 상태였으니까.

'한 놈이 아니었다는 거냐……'

오카타는 공포로 머릿속까지 하얘지는 듯했다.

그런 그의 눈에 거인이 가볍게 고개를 아래위로 끄덕거리는 게 보였다.

'……?'

그게 이 세상에서 본 마지막 장면이었다.

눈처럼 흰 손이 환상처럼 오카타의 목을 부여잡고 단숨에 비틀었다.

우두두둑.

소름 끼치는 소리와 함께 목이 부러졌다.

흰 손이 오카타의 몸을 떠났다.

혀를 길게 빼물고 몸이 스르르 바닥으로 미끄러졌다.

털썩.

그때서야 오카타의 몸에 가려져 있던 여인의 모습이 드러났다.

유두가 보일 정도로 가슴이 푹 파이고 배꼽이 다 드러난 가죽 탱크톱에 착 달라붙는 가죽 바지를 입은 여인은 과감한 옷차림만큼이나 대단한 미인이었다.

투명한 피부에 허리까지 늘어진 풍성한 검은 머리, 이

목구비가 뚜렷하고 아름다운 얼굴은 동서양의 흔적이 다 엿보여 혼혈임을 알 수 있었다.

그러나 그 아름다움은 거인과 같은 검은 눈 때문에 전혀 눈에 들어오지 않았다.

보는 것만으로도 두려움에 치가 떨리는, 음산한 눈을 가진 여인이었다.

시체를 내려다보던 여인이 오른손을 슬쩍 흔들었다.

그녀의 손바닥에서 회색빛의 기류가 뭉클거리며 흘러나와 오카타의 몸을 휘감았다.

숨을 두어 번 들이쉴 시간이 지났다. 땅바닥에는 뼈 한 조각도 남지 않았다.

오카타는 흔적도 남기지 못하고 사라진 것이다.

서로의 눈을 잠시 바라보던 두 남녀는 천천히 걸음을 옮겼다.

거인과 어깨를 나란히 하고 걷던 여인은 뭔가 잘 풀리지 않는 듯 계속해서 고개를 갸웃거렸다.

하지만 그 시간은 길지 않고 2십여 미터쯤 걸었을 즈음 까닥거리던 머리의 움직임이 멎었다.

고개를 숙여 자신의 두 다리를 바라보는 여인의 입매가 꿈틀거렸다.

여전히 보기에 공포스러웠지만 그것은 분명 만족스러

움이 배어 있는 미소였다.

동시에 그녀의 허벅지 아래가 신기루처럼 흐릿해졌다. 그리고 잠시 후 그녀의 상체와 머리까지 희미해지더니 모습이 사라졌다.

대신 거인의 주변에 거센 회오리바람이 생겨났다.

휘이이이이잉―

흙먼지와 나뭇잎들이 거인을 뒤덮었다.

바람의 생성 속도는 물론이고 강도까지 상식 밖으로 강했다. 사라지는 속도까지도.

자연이 만들어낸 바람이 아니었다.

거인을 날려 버릴 것처럼 드세게 불었던 회오리바람은 순식간에 사그라졌다.

그 자리에 여인의 모습이 다시 나타났다.

그녀는 거인을 중심으로 원을 그리며 무서운 속도로 돌고 있었다.

그녀의 발이 느려지며 회오리바람도 잦아들었다.

바람의 원인이 그녀의 속도에 있음은 바보라도 알 수 있는 장면이었다.

마침내 그녀의 발이 멈췄다.

그녀는 거인을 바라보며 입술을 달싹였다.

"Copy complete(복사 완료)."

생김새와 다르게 쇠를 긁는 듯 탁하고 거친 목소리였다.

거인은 표정 없는 얼굴로 고개를 끄덕였다.

두 사람의 모습이 아지랑이처럼 일렁이며 그 자리에서 사라졌다.

＊　　　＊　　　＊

숲을 주시하던 타케시의 얼굴이 굳어졌다.

무언가 불길한 느낌에 입안이 바짝 마르는 듯한 기분이 들었던 것이다.

그의 옆으로 히로시를 경호하던 하루쿠가 다가서며 말했다.

"보스, 오카타가 당했습니다."

그의 목소리는 딱딱하게 굳어 있었다.

타케시의 얼굴도 돌처럼 변했다.

하루쿠의 능력을 알고 있었지만 정말 믿기 힘든 보고였다. 그가 가라앉은 목소리로 물었다.

"확실한 거냐?"

"예."

하루쿠는 고개를 끄덕이며 대답했다.

그가 가진 능력 중 하나가 타이료오바타 대원들과의 심령 연결, 휴먼 레이더라고 부르는 것이었다.

휴먼 레이더라는 명칭은 특별한 절차를 거쳐 그의 마음에 각인된 사람들의 위치와 생사를 즉시 알 수 있게 해주기 때문에 붙여졌다.

"오카타의 마지막 위치는 파악되느냐?"

"예."

하루쿠의 대답을 들은 타케시가 다른 부하들을 보며 말했다.

"동시에 숲으로 진입한다. 각자의 거리는 3미터 이내를 유지하도록."

그는 입술을 지그시 물며 말을 이었다.

"오카타가 당했다. 어떤 방법을 썼는지는 알 수 없지만 느린 자들이 아님은 명백하다. 사각을 만들지 마라. 틈을 주면 그들은 놓치지 않을 것이다."

"예, 보스."

히로시와 하루쿠 등이 굳은 얼굴로 복명했다.

하루쿠가 앞장서고 그 뒤에 타케시와 다른 부하들이 따르는 진형으로 그들은 숲으로 들어섰다.

숲은 조용했다.

하루쿠의 안내를 받으며 오카타의 마지막 생체 신호가

전해진 장소에 도착할 때까지 습격은커녕 아무런 살기도 느껴지지 않았다.

하루카가 무거운 얼굴로 입을 열었다.

"이곳이 맞습니다, 보스."

타케시는 말없이 고개만 끄덕였다.

오카타의 시신은 보이지 않았다.

싸움의 흔적도 없었다.

그것이 더욱 그의 마음을 무겁게 했다.

'오카타는 저항도 하지 못하고 당했다. 이게 가능한 일인가?'

의혹은 갈수록 커졌다.

오카타의 전투 능력은 뛰어나지 않았다. 그러나 그의 살상 능력은 무시무시했다.

언뜻 모순되어 보이는 말이지만 속사정을 알고 나면 누구나 고개를 끄덕일 수밖에 없었다.

두 발을 묶고 대결한다면 오카타를 이길 사람은 얼마든지 있었다, 그의 격투술은 정말 형편없었으니까.

그러나 그가 누군가를 죽이려 한다면 그것을 피할 수 있는 사람은 온 세상을 통틀어도 그리 많지 않았다.

너무 빨라서 접근하는 것 자체를 감지하기 어려운 사람이 오카타였다.

언제 목을 베고 갔는지 알기도 어려울 정도로 빠른 그였기에 살상 능력이 무시무시할 수밖에 없는 것이다.

그런 그가 저항도 하지 못하고 살해당했다는 건 믿기 힘든 일이었다.

지금과 같은 상황에서 두 발을 묶고 목을 늘어뜨릴 그가 아니었기에.

십여 분 동안 타케시와 부하들이 사방을 이 잡듯이 뒤졌지만 주목할 만한 무언가는 발견되지 않았다.

타케시는 수색을 중지시켰다.

오카타가 죽은 이상 그들의 흔적을 교란시키고 적들을 혼란에 빠뜨릴 사람은 없었다.

추적자들에 대한 그들의 우위는 사라진 것이다.

그와 함께 여유도 사라졌다.

이제는 긴장하고 최대한 빠른 속도로 안전한 곳까지 가야 했다.

"출발."

타케시는 한층 빠르고 강해진 목소리로 지시를 내렸다.

히로시를 비롯한 부하들의 움직임에 긴장된 분위기가 묻어났다. 그들도 자신들이 처한 상황을 충분히 이해하고 있는 것이다.

그들은 굳은 얼굴로 이동하기 시작했다. 전력을 다해 달리는 그들의 좌우로 숲이 빠르게 멀어졌다.

타케시의 목적지는 정선이었다.

강원랜드 근처에는 태양회도 모르는 타이요우의 안가가 있었다.

1960년대에 만들어진 곳으로 타케시도 한국으로 들어오기 전, 조부인 리쿠에게서 듣기 전까지는 존재를 알지 못했을 정도로 극비리에 운영되어 온 곳이었다.

그들은 1백 미터를 7, 8초에 주파할 정도로 빠른 속도로 달렸다. 이런 속도를 계속 유지할 수만 있다면 정선까지 두 시간도 걸리지 않을 테지만 그건 불가능했다.

속도 유지는 십여 분이 한계였다.

십 분을 달리면 십 분을 쉬어야 했다. 계속 달릴수록 쉬는 시간은 늘어났다.

초상 능력이든 내력이든 무한하지 않았다. 소모된 것을 보충해야 하는 것이다.

그리고 사건은 짬짬이 쉬는, 그 잠깐 사이에 벌어졌다.

*   *   *

서울 남산.

어둠을 밀어내는 새벽빛을 온몸으로 받으며 산책로를 따라 천천히 걷던 남자가 벤치 앞에서 걸음을 멈췄다.

그는 180센티미터를 넘는 훤칠한 키에 팔다리가 길고 균형이 잘 잡힌 몸매의 소유자였다.

챙이 넓은 모자를 눌러 써서 코의 위쪽은 보이지 않았지만 피부로 볼 때 그의 나이는 많아야 30이 되지 않은 듯했다. 하지만 그의 전신에서는 평범한 사람에게서 보기 어려운 독특한 분위기가 흘러나와서 새벽 산책을 하던 사람들은 계속해서 홀린 듯 그를 힐끔거렸다.

모자를 쓴 남자가 한 걸음 뒤에서 따라오는 중년 남자에게 고개를 돌리며 작은 목소리로 말했다.

"사토, 조금 쉬었다 가자꾸나."

그는 벤치에 엉덩이를 붙이고 앉으며 모자를 벗어 사토에게 건넸다.

"그러시죠, 주인님."

나직하게 대답한 사토가 공손하게 모자를 건네받았다.

모자 속에 숨겨져 있던 백금빛의 긴 머리카락이 폭포수처럼 쏟아져 내렸다.

등산복을 입고 대화를 나누며 벤치 앞을 지나가던 20대 후반쯤의 두 여자가 벼락이라도 맞은 것처럼 그 자리에 멈춰 섰다.

친구인 듯 보이는 그들의 두 눈은 백금발 청년의 얼굴에 자석처럼 고정되어 있었다.

"흠, 흠."

사토가 잔기침을 하며 두 여자에게 눈살을 찌푸려 보였다.

기침 소리에 정신을 차린 그들이 얼굴을 붉히며 떨어지지 않는 듯 멈칫거리며 조금씩 멀어져 갔다.

그녀들을 보며 빙그레 웃던 백금발 청년이 시선을 뗐다.

"사토, 앉아라."

"예, 주인님."

사토는 공손히 대답하고 벤치에 앉았다.

단정한 회색 슈트를 입고 반짝이는 검은 구두를 신은 그가 허벅지 위에 청년의 모자를 단정하게 올려놓은 모습은 새벽의 공원과 어울리지 차림은 아니었다. 그런데도 묘하게 거슬리지 않았다.

그는 숨소리도 들리지 않을 정도로 자신의 기척을 죽였다. 청년의 사색을 방해하지 않기 위한 나름의 노력이었다.

백금발 청년은 감회 어린 눈으로 남산의 산책로 이곳저곳을 돌아보다가 불쑥 입을 열었다.

"이곳도 많이 바뀌었구나. 예전에는 조금 더 어두운 분위기였던 것 같은데……."

"한국도 이제는 먹고살 만해져서 그런 듯합니다. 주인님께서 방문하셨을 당시의 이 나라는 동족상잔의 전쟁이 남긴 폐허 속에서 허우적대느라 힘들었죠. 공원 관리 따위에 신경을 쓸 여력이 없었습니다."

"그런데 이제는 먹고살 만해졌다는 건가?"

백금발 청년은 사토의 말 중 일부를 받아 중얼거리며 산책로를 걷고 있는 시민들을 살폈다.

그와 눈이 마주친 사람들이 빙긋 웃거나 살짝 고개를 숙이며 인사를 해왔다.

백금발 청년도 마주 웃거나 고개를 숙여 인사를 받으며 나직하게 말했다.

"사토, 네 말대로다. 다들 옷차림이 좋고 피부가 맑구나. 사는 것이 버거워 보이지 않는 얼굴들이다. 그래서 정말 마음에 들지 않는구나."

그는 시선을 아래로 내려 바닥을 보았다.

그가 고개를 들고 있었다면 사람들은 그의 눈에 깃들어 있는 음산한 살기를 보고 공포에 질렸을 것이다.

사토는 입술을 지그시 물며 주먹을 움켜쥐었다. 청년의 살기에 직격당한 그의 안색은 시체처럼 창백했다.

안간힘을 다해 버티고 있긴 했지만 쉬운 일이 아니었다.

어느 순간 청년의 눈에서 살기가 씻은 듯이 사라졌다.

동시에 사토는 속으로 안도의 한숨을 내쉬었다. 그의 이마에 굵은 식은땀이 송골송골 솟아 있었다.

청년이 시선을 들으며 말했다.

"슈이치가 엉뚱한 짓을 하지 않고 내 지시를 이행했다면 지금 이 나라에서 저런 자들을 보지 않아도 되었을 텐데. 그 녀석이 나를 배신할 거라고는 꿈에서도 생각지 못했지. 아직도 이해할 수가 없어. 대체 왜 나를 배신했던 것일까……."

청년의 말투는 질문의 형태를 띠고 있었다. 하지만 사토는 대답하지 않았다.

혼잣말이라는 걸 알고 있기 때문이다, 설령 진짜 질문이었다고 해도 대답할 수 없었겠지만.

슈이치의 배신에 대해서 그는 단지 이유를 어림짐작만 하고 있을 뿐이었다.

확실한 답을 갖고 있지 못한 것이다.

청년의 혼잣말이 이어졌다.

"내가 그 녀석에게 건네주었던 마루타들을 완성시켜서 풀어놓았다면 이 조선 땅은 시체가 산을 쌓고, 핏물이 바다를 이루었을 것이다. 살아 있는 자는 눈을 씻고 찾아도 볼 수 없었을 테고. 수천 리 산하에 살아 있는 자가 한 명도 없다면… 진실로 얼마나 보기 좋았을 것인가! 그런데 녀석은 내 지시를 온전히 이행하지 않았다."

그는 두 팔을 벤치의 걸이에 올려놓으며 고개를 들었다.

이제는 완연하게 동쪽 하늘을 깨우고 있는 새벽의 여명이 눈에 들어왔다.

"아직도 그 녀석이 조선에서 돌아와 내게 했던 말이 바로 어제 들었던 것처럼 생생하게 기억이 난다."

청년은 눈을 감았다.

미세하게 거칠어진 숨결이 느껴졌다.

이 세상에서 얼굴을 떠올리는 것만으로도 그의 평정을 깨뜨릴 수 있는 유일한 존재, 그것이 가네무라 슈이치였다.

그가 눈을 떴다.

먼 하늘에 고정된 두 눈 깊은 곳에 검푸른 기운이 이무기처럼 똬리를 틀고 있었다.

"가네무라는 제국 정부가 찾지 못했던 마지막 조선 무맥, 암왕사신류의 후인이 방해했기 때문에 어쩔 수 없이 대전을 떠나야 했다고 했지, 계획을 성공시키기 위해서는 마루타를 더 데리고 가야 한다면서. 그리고 준비를 하던 중에 멍청한 일왕이 무조건 항복을 해버렸다. 그 순간, 내가 세웠던 원대한 모든 계획이 어긋나 버렸어."

청년의 음성에 서려 있는 은은한 분노와 아쉬움을 느낀 사토는 안타까움에 입술을 지그시 물었다.

청년이 그의 위로를 필요로 하는 사람이 아니라는 것을 누구보다도 잘 알면서도 그는 무엇이든 해주고 싶은 마음이었다.

그만큼 청년은 평생을 모신 그조차 본 적이 거의 없는 감정을 적나라하게 드러내고 있었다.

"반세기 만에 한국 땅을 밟아서 그런가……. 내가 너무 감상적이 되었구나."

청년은 빙긋 웃으며 하늘에서 시선을 거뒀다.

"카즈야와 타카코는 잘하고 있느냐?"

"아직 결과 보고가 들어오지는 않았습니다만 걱정하실 필요는 없을 것입니다. 그들이 모습을 드러내고 공개적으로 움직인다면 몰라도, 어둠 속에 숨어 은밀하게 활동하는 그들을 상대할 수 있는 조직은 없습니다, 주인님."

청년은 고개를 끄덕였다.

사토가 말을 이었다.

"곧 그들이 이혁을 데리고 올 것입니다."

"그때 후지와라 리쿠의 얼굴을 볼 수 있었으면 좋을 것을⋯⋯."

"이번 기회는 어려우시겠지만 조만간 썩은 돼지 간처럼 변한 그의 얼굴을 보실 수 있지 않으시겠습니까."

"하하하, 네 말처럼 곧 그날이 오겠지. 그리고 그때는 내 가슴을 채우고 있는 답답함도 조금은 가실 것이고."

그가 사토에게 고개를 돌렸다.

"이혁을 손에 넣는 것도 중요하지만 카즈야와 타카코의 안전한 귀환도 그에 못지않다. 타카코가 복제한 적의 능력과 그것을 팀 단위의 마루타들과 공유할 수 있는 카즈야의 능력은 귀중한 자료야. 그들이 가져온 것들을 분석하면 초상 능력의 발현과 불사의 메커니즘을 규명하는 데 많은 도움이 될 것이다."

"명심하고 있습니다, 주인님."

청년은 나직하게 혀를 차며 중얼거렸다.

"쯧, 언제가 되어야 혈륜으로 얻을 수 있는 능력의 종류를 통제할 수 있을까. 어떤 능력을 갖고 깨어날지 사전에 전혀 알 수가 없으니⋯⋯. 카즈야와 타카코의 능력을 가진 마루타를 이전에 얻을 수 있었다면 내 일이 한결 쉬웠을 터인데⋯⋯."

그의 말을 들은 사토가 진지한 얼굴이 되어 입을 열

었다.

"언제가 되었든 주인님은 원하시는 것을 얻으실 것입니다."

한 올의 의심도 깃들어 있지 않은, 확신에 찬 음성이었다.

청년의 입가에 미소가 떠올랐다.

그는 사토를 보며 부드러운 목소리로 말했다.

"네가 있어 다행이다, 사토."

사토는 말없이 고개를 숙였다.

그의 얼굴은 감사함으로 가득 차 있었다.

청년은 입을 다물었다. 그리고 한가로운 자세로 지나가는 사람들에게 시선을 주었다.

사람들의 머리 위로 시간이 천천히 흐르고 있었다.

*　　　　　*　　　　　*

이혁은 미간을 찡그렸다.

허리가 끊어질 것처럼 아팠다.

그는 고개를 돌려 자신을 옆구리에 끼고 있는 히로시를 올려다보았다.

돌처럼 굳어 있는 얼굴이 보였다. 그 옆으로 비슷한

표정의 타케시와 하루쿠의 모습이 보였다.

일행은 그들뿐이었다.

다른 자들은 보이지 않았다.

그들이 있는 곳은 사방 5미터가량 되는 숲속의 공터였다.

날이 밝아오고 있는데도 주변은 어두웠다.

첩첩산중이라는 말이 절로 떠오를 정도로 사방을 꽉 채우고 있는 아름드리나무들 때문이었다.

짬짬이 쉬면서 전력으로 질주한 지도 한 시간이 넘어서 그들은 강원도 깊숙이 들어와 있었다.

하루쿠가 불같이 이글거리는 눈으로 이혁을 힐끗 보더니 타케시를 향해 말했다.

"보스, 이자를 데리고 자리를 피하시는 게 좋을 것 같습니다. 뒤는 저희가 맡겠습니다."

타케시는 어처구니없다는 얼굴로 하루쿠의 눈길을 받았다.

"하루쿠, 지금 나보고 도망치라고 말하는 건가?"

하루쿠가 그 자리에 털썩 무릎을 꿇었다.

"보스, 나중에 제가 살아남아 있다면 그때 제 목을 치십시오. 하지만 지금은 자리를 피해주십시오. 벌써 네 명의 동료를 잃었습니다. 그런데 우리는 그놈들의 그림자도 보지 못했습니다. 일단 이 자리를 피하셔야 합니다."

잔뜩 억눌러 말하는 그의 목소리에서 분노와 억울함이 절절하게 묻어났다.

타케시의 얼굴이 악귀처럼 일그러졌다.

하루쿠의 말대로였다.

불과 한 시간여 만에 일행은 이혁을 포함한 네 명만이 남았다. 오카타를 포함해서 네 명이 증발하듯 사라졌다.

그리고 하루쿠는 자신의 능력으로 사라진 네 명의 생명 반응을 찾을 수 없다고 말했다.

에둘러 말한 것이지만 그의 말을 알아듣지 못한 사람은 아무도 없었다.

모두 죽은 것이다.

하루쿠는 이대로 가면 타케시의 목숨도 위태로울 수 있으니 일단 자리를 피하라는 충언을 하고 있었다.

타케시는 명예와 자존심을 제2의 목숨처럼 소중하게 여기는 사람이다. 그의 얼굴이 보일 듯 말 듯 일그러졌다.

그가 어떤 사람인데 부하들을 죽인 적을 앞에 두고 등을 보이겠는가. 하지만 하루쿠를 질책할 수는 없었다. 그가 자신을 무시해서 저런 말을 하는 게 아니라는 걸 잘 알고 있었기 때문이다.

그는 충성스런 부하를 아낄 줄 아는 남자였다.

공터에 긴장된 침묵이 흘렀다.

오카타 이후 세 명의 부하는 일행의 시선이 잠깐 떠났던 불과 몇 초도 되지 않는 찰나지간에 사라졌다.

그들은 혼자가 되었을 때가 아니라 모두가 한자리에 모여 있을 때 흔적도 없이 사라졌다.

동료들의 것은 물론이고 그들을 데리고 간 자의 종적도 추적이 불가능했다.

남아 있는 흔적은 아무것도 없었다.

그것이 일행의 마음을 더욱 무겁게 했다.

타케시조차 이제는 보이지 않는 적에게 두려움을 느꼈다.

쇠로 만든 심장을 가졌다고 평가받는 그가 이럴 정도였으니 다른 사람들이야 두말이 필요 없었다.

하루쿠가 이마를 바닥에 대며 다시 입을 열었다.

"보스, 그냥 피하기만 하라는 것이 아니라는 것을 아시지 않습니까. 부디 저의 뜻을 버리지 말아주십시오!"

피를 토할 듯 간절한 목소리였다.

타케시의 얼굴이 더 심하게 일그러졌다.

무엇이 더 합리적인 선택인지는 분명했다. 그러나 그는 어떤 전투에서도 부하들을 버린 적이 없었다.

그런 그였기에 적에게 등을 보이고 이 자리를 떠나는 것은 쉬운 일이 아니었다.

이혁은 히로시의 옆구리에 매달린 채로 그 과정 전부를 지켜보았다.

제5장

시간이 어느 정도 흐른 터라 무연몽혼산의 약효는 처음보다 많이 약화되었다. 그래서 이제는 어느 정도 기력을 되찾을 때도 되었다.

그런데 이혁에게서 회복의 기미는 전혀 보이지 않았다.

그건 얼마 전 타케시가 투여한 다른 약물 때문이었다.

그는 이혁이 독에 당했다는 건 알고 있었지만 어떤 효과가 있는 것인지는 알지 못했다.

독의 효력이 언제 소멸되어 이혁이 능력을 회복할지 알 수 없는 그로서는 당연히 선제적으로 그의 몸에 제약을 걸 필요가 있었고, 그래서 선택한 것이 후지와라 가문에서 만든 약물이었다.

후지와라 가문의 연구실에서 만들어낸 약물은 초인을 무력화시키기 위한 목적을 가진 것이었다.

효과는 무연몽혼산에 뒤지지 않을 정도로 지독했다. 그리고 반응이 즉각적이었고 통제도 용이했다.

해독약만 있으면 언제든 이혁을 깨울 수 있는 것이다.

하지만 타케시의 조치는 본래의 뜻과는 달리 오히려 이혁이 힘을 회복하는 데 결정적인 도움을 주었다.

암왕사신류의 요상대법인 생사회혼술에는 독을 독으로 제압하는 이독치독의 기법이 포함되어 있었다.

이혁은 생사회혼술을 이용해서 타케시가 투여한 독과 무연몽혼산을 충돌시켜 그 둘을 중화시켰다.

몸 안에서 독끼리 싸우는 것이나 다름없는 일이라 그 과정은 끔찍한 고통을 동반했다.

살이 녹고 뼈가 으스러지는 것 같은 통증이 한 시간여 동안 계속되었다. 그러나 타케시 일행은 이혁이 무엇을 하고 있는지 알아차리지 못했다.

그가 고통을 전혀 내색하지 않았기 때문이다. 가공할 인내심이었다.

축 늘어진 채 지면과 닿아 있는 이혁의 신발 끝이 물

기로 젖어 있었다.

내력으로 중화된 독을 일정량의 수분에 섞어 몸 밖으로 밀어내고 있기 때문에 나타난 현상이었다. 그러나 타케시는 물론이고 다른 사람들도 그것을 보지 못했다.

숨어 있는 적이 주는 중압감 때문에 이혁을 살필 마음의 여유가 없는 것이다.

이혁은 천천히 단전을 살폈다.

한 오라기의 기력도 느껴지지 않던 기의 바다가 막강한 기운으로 조금씩 채워지고 있었다.

암왕경이 외부의 기운을 끌어모으는 한편 흩어져 있던 내부의 기력을 자극하며 단전으로 모으고 있었다.

이런 속도라면 30분 이내에 본래 힘의 절반 정도는 회복할 수 있을 듯했다.

'두 가지 독 모두 제거되었다. 아직 여독이 남아 있지만 회복을 방해할 정도는 아니야.'

그는 가슴속에서 뜨거운 불길이 치솟는 것을 간신히 내리눌렀다.

전 세계를 떠돌면서 험한 꼴도 여러 번 당했지만 이번처럼 극단적인 피동에 몰린 적은 없었다.

덕분에 반성도 많이 했다. 그만큼 이런 상황을 만든 자들에 대한 분노도 컸다.

잃었던 힘을 회복하는 과정에 들어서자 타케시 일행이 만난 보이지 않는 적에 대해 생각할 여유도 생겼다.

'나를 노리는 자임은 의문의 여지가 없다. 그런데 어떤 놈인지 알 수가 없다.'

그의 머리가 열기로 인해 김을 내뿜을 정도로 바쁘게 돌아갔다. 하지만 마음에 드는 결론은 나지 않았다.

'내가 모르는 놈들 중에 이 정도의 능력을 가진 조직이 있었나? 후우… 갈수록 태산이로군.'

보이지 않는 적은 타케시 일행이 걸음을 멈추고 쉬는 그 짧은 시간에 일을 벌였다.

눈에 불을 켜고 경계했지만 한 사람도 적을 보지 못한 채 타케시 일행은 동료를 잃어야 했다.

결과가 너무 어처구니없어서 더욱 소름 끼칠 수밖에 없는 능력을 가진 적이었다.

이혁은 힘을 잃어 멍한 눈으로 타케시를 보았다.

타케시는 이를 악문 채 생각에 잠겨 있었다.

이혁의 눈동자 깊은 속에서 은은한 빛이 일렁였다. 그러나 그 빛은 너무 약해서 아무도 그것을 보지 못했다.

'은신술을 쓰는 자는 아니야. 그런 류의 기법이었다면 내 감각을 피하지 못했을 거다. 여러 명도 아니야. 한 명이다.'

두 가지 독이 소멸된 후 그의 감각은 평소대로 돌아왔다. 감각을 되찾는 데는 힘처럼 시간이 필요하지 않았다.

'이건 순수한 속도다. 오카타에 뒤지지 않는 가속 능력을 갖고 있는 자야. 움직임이 내 감각에 잡히지 않을 정도로 빨랐어.'

더는 눈을 뜨고 있을 기력도 없는 것처럼 눈꺼풀이 스르르 내려와 눈을 덮었다.

'그자는 타이료오바타 대원들이 저항할 틈도 없이 단숨에 제압해서 끌고 갔어. 내 컨디션이 90퍼센트 이상을 유지하고 있을 때에 버금가는 능력이다.'

어떻게든 무기력한 상태에서 벗어나 보려는 것처럼 그의 몸이 작게 꿈틀거렸다.

히로시가 인상을 쓰며 팔뚝에 힘을 주었다.

우두둑!

이혁의 갈비뼈가 우그러들며 부러지는 듯한 소리가 났다.

"쿨럭!"

이혁은 밭은기침을 했다.

히로시가 스산한 목소리로 말했다.

"칙쇼! 지금 기분 최악이니까 신경 거슬리게 굴지 마라. 한 번만 더 벌레처럼 꿈틀거린다면 그때는 팔다리를 잘근잘근 부러뜨려서 개처럼 끌고 가겠다.”

격심한 고통에 이혁은 신음도 지르지 못한 채 얼굴을 일그러뜨렸다.

그의 입가로 맑은 침이 흘렀다. 안면 근육이 통제가 되지 않는다는 증거였다.

타케시의 눈길이 잠시 이혁의 얼굴에 닿았다. 흘러내리는 침을 본 그는 살짝 눈살을 찌푸리다가 고개를 돌렸다.

하루쿠는 여전히 무릎을 꿇고 타케시에게 간청하고 있었다.

“보스, 자존심을 생각하실 때가 아닙니다. 적이 다시 들이닥치면 늦을지도 모릅니다.”

그가 충직한 얼굴로 말을 이었다.

“적은 한 명인 것 같습니다, 만약 제 생각이 맞다면. 보스께서 미끼 역할을 해주신다면 우리가 반격의 기회를 만들 수 있습니다.”

하루쿠가 타케시를 먼저 보내려는 것에는 단순한 도피 이상의 뜻이 담겨 있었다.

보이지 않는 적의 목적은 이혁이었다.

타케시가 이혁을 데리고 떠나면 적도 그 뒤를 따를 것임은 어린아이라도 알 수 있었다.

하루쿠와 히로시는 타케시를 노리는 적이 모습을 드러냈을 때 공격하려 하는 것이다.

지금처럼 계속 수세에 몰리기만 하는 것이 아니라 적의 뒤를 잡을 가능성이 있는 작전이었다.

타케시가 미끼 역할을 해야 한다는, 하루쿠가 한 말의 의미가 이것이었다.

이 작전에서 다른 사람이 아닌 타케시가 이혁을 데리고 가야 하는 건 실패의 가능성이 컸기 때문이었다.

실패는 죽음이었다.

만약 작전이 실패하더라도 타케시의 안전을 확보하가 위해서는 그가 이혁을 데리고 가야만 했다. 그래서 그가 이 작전을 받아들이는 걸 망설인 것이고.

피가 배이도록 입술을 질끈 깨문 타케시가 눈을 한 번 감았다가 뜨며 말했다.

"알았다, 하루쿠. 네 의견대로 하마."

하루쿠가 환한 미소를 지으며 이마를 땅에 쿵 소리가 나도록 박았다.

쿵!

"감사합니다, 보스."

히로시도 웃는 얼굴로 타케시에게 다가가 이혁을 건넸다.

타케시는 음울해진 얼굴로 이혁을 어깨에 걸쳤다.

"보스, 어서 가십시오."

"보스, 곧 찾아뵙겠습니다."

재촉하는 하루쿠와 히로시에게 눈길을 한 번씩 준 타케시가 몸을 돌렸다.

마음을 정하자 그는 더 이상 망설이지 않았다. 한 마리 들짐승처럼 그는 숲속을 질주했다.

하루쿠와 히로시는 사방을 경계하며 타케시의 뒤를 따라 달렸다.

평소 셋 중 가장 빠른 사람은 타케시였다. 그러나 지금 그들의 속도는 비슷했다.

타케시가 이혁을 어깨에 메고 달리는 터라 평소의 속도를 내지 못하고 있기 때문이었다. 그래서 하루쿠와 히로시는 타케시를 놓치지 않을 수 있었다.

3킬로미터를 이동했을 즈음, 히로시는 주변의 공기가 바뀐 것을 알아차렸다.

짐승의 노린내와 비슷한 냄새가 바람 따라 밀려들었다.

그는 순간적으로 전신의 솜털이 곤두서는 것을 느꼈다.

살이 떨리면서 손과 발끝이 오그라들었다.

긴 시간이 흐른 터라 완전히 잊었다고 생각했던 기억이 생생하게 되살아났다.

어린 시절의 훈련 과정 중 맹수 우리에 맨몸으로 떨어져 호랑이와 마주했던 그때의 기억이었다.

그가 이를 악물며 히로시에게 낮은 목소리로 말했다.

"히로시, 놈이 왔다."

"나도 느꼈어."

그들의 눈에 타케시의 등 뒤로 접근하는 흐릿한 그림자가 들어왔다.

사람의 형체이지만 윤곽선이 아지랑이처럼 끊임없이 일렁여서 마치 유령처럼 보이는 그림자.

그것과 두 사람의 거리는 3십여 미터.

그들에게는 서너 걸음이면 좁힐 수 있는 거리였다.

두 사람은 전력을 다해 땅을 박찼다.

두어 걸음 만에 그들은 그림자의 바로 등 뒤까지 접근할 수 있었다.

하루쿠는 허리춤에서 두 자루의 단도를 꺼내들었다. 동시에 히로시의 상체 근육들이 터질 듯 부풀어 올랐다.

"죽어랏!"

하루쿠는 격렬하게 소리치며 그림자의 목을 향해 쌍칼을 십자 형태로 그어 내렸다.

히로시는 그림자가 회피를 못하도록 곰처럼 두꺼운 팔로 허리를 와락 붙잡았다.

공격은 치명적이었고, 그들은 적보다 느리지 않았다.

성공을 확신한 두 사람의 입가에 회심의 미소가 떠올랐다. 하지만 그 미소는 곧바로 사라졌다.

두 자루의 칼과 곰 같은 팔은 텅 빈 허공을 휘저었을 뿐이었기에.

손에 아무런 감촉도 오지 않는 것을 알아차린 두 사람은 굳은 얼굴이 되어 정면을 노려보았다.

멀어지는 타케시의 등이 보였다, 여전히 그의 뒤에 일렁이는 유령 같은 그림자와 함께.

'이게……?'

두 사람의 뇌리에 같은 의문이 떠올랐을 때 적의 공격이 시작되었다.

쾅!

"으악!"

무언가 부서지는 소리와 끔찍한 비명이 함께 터졌다.

하루쿠의 절반쯤 부서진 머리가 파고들 듯 함몰되면서 상체를 부수고 있었다.

어떻게 된 일인지 이해하지 못한 듯 하루쿠의 두 눈은 의혹을 담은 채 툭 튀어나와 있었다.

그의 뒤에는 2미터가 넘는 히로시보다 머리 하나가 더 큰 청동빛 피부의 거인이 우뚝 서 있었다.

거인의 오른손이 천천히 위로 솟았다가 해머처럼 아래로 뚝 떨어졌다.

쾅!

또 한 번의 굉음과 함께 하루쿠의 상체가 산산조각이 났다. 피와 찢어진 살, 그리고 부서진 뼈가 사방으로 튀어 올랐다.

히로시는 이를 악물며 전력을 다해 몸 전체를 비틀었다.

그제야 가위에 눌릴 때처럼 꼼짝도 할 수 없었던 몸이 움직여졌다.

"하루쿠……."

그의 입에서 처절한 한마디가 흘러나왔다.

그와 하루쿠는 고아원에서 함께 자란 사이였다. 수십 년 동안 떨어져 지낸 적이 없어서 친형제보다도 더 가까웠다.

그런데 그가 죽을 때 자신은 아무런 힘도 쓰지 못한 채 멍청하게 서 있어야만 했다.

히로시의 눈에 무시무시한 살기가 치솟았다.

"이놈! 죽여 버리겠다!"

히로시는 상체 근육이 다시 한 번 부풀어 올랐다.

그것을 본 청동거인의 입가에 비웃음이 떠올랐다.

"덩치에 걸맞지 않는 새대가리로군. 자신이 왜 움직이지 못했는지를 벌써 까먹었어!"

히로시가 말뜻을 이해하기도 전에 청동거인은 성큼 한 걸음을 내딛으며 주먹을 휘둘렀다.

둘의 눈이 허공의 한 점에서 마주쳤다.

그제야 히로시는 상대의 말이 무슨 뜻인지 알아차렸다.

그의 몸이 의지와는 무관하게 석상처럼 굳어버린 채 1센티미터도 움직이지 않고 있었다.

발악하듯 젖 먹던 힘까지 뽑았지만 이번에는 아까처럼 몸을 비틀 수도 없었다. 그리고 더 이상 그에게 주어진 시간도 없었다.

쾅!

"으악!"

또 한 번의 굉음과 함께 처절한 비명이 터졌다.

얼굴 반쪽이 날아가 버린 히로시의 머리로 재차 청동거인의 주먹이 날아들었다.

쾅!

히로시의 머리가 있던 자리가 텅 비며 분수처럼 피가

솟았다.

털썩!

그 자리에 무너져 내리는 히로시를 보며 청동거인은 등을 돌렸다.

"타카코도 성공했겠지."

그는 나직하게 중얼거리며 걸음을 옮겼다.

*　　　　　*　　　　　*

세월의 연륜이 느껴지는 주름진 눈꺼풀이 천천히 올라가며 심연처럼 깊은 노인의 눈이 나타났다.

예상도, 기대도 하지 않았던 뜻밖의 변수 출현에 놀라 이루어진 사색은 두 시간이 넘게 지속되었다. 그만큼 들여다보아야 할 것들이 많았다.

생각의 가지는 세계수처럼 넓고 깊어 끝도 없이 이어졌다. 하지만 그는 마침내 사색의 끝에 도달할 수 있었다.

물안개처럼 모호한 빛이 일렁이는 눈이 두어 번 깜박이며 그의 입술이 달싹였다.

집중해서 귀를 기울여야 간신히 들을 수 있을 듯한 혼잣말이 새어 나왔다.

"살아 있는 놈을 잡으려고 놓은 덫에 이미 죽은 유령이 걸려 들었구만. 월척이라고 봐야 하는 건가. 이시이 시로… 마루타들을 보낸 것이 당신이 맞다면……."

노인의 입 끝에 얼음처럼 차갑고 음산한 미소가 걸렸다.

"당신… 나를 찾고 있는 건가? 흠, 오랫동안 연락이 끊겨졌던 옛 친구의 기대를 배신하는 것도 예의는 아니지. 어떻게 해야 당신을 즐겁게 해줄 수 있을까?"

먼 산을 보는 듯 초점이 흐릿하던 그의 눈동자가 또렷해지며 무서운 힘이 담긴 빛이 쏟아졌다.

노인의 면전에서 무릎을 꿇은 채 고개를 숙이고 있던 중년인의 몸이 흠칫하며 부르르 떨렸다.

노인의 전신에서 흘러나온 기세가 그의 심령을 무지막지하게 파고들었다.

그의 두 눈은 두려움으로 물들었고, 이마에는 굵은 식은땀이 송골송골 맺혔다. 하나 남은 왼쪽 귓불이 핏기를 잃고 창백하게 변했다.

노인의 기세는 그렇게 막강했다.

그가 중년인에게 물었다.

"태양회 내의 조력자로부터 연락이 있었느냐?"

"방금 들어왔습니다."

"타케시가 어디에 있다더냐?"

중년인은 자신의 손 옆에 놓아두었던 스마트폰을 들어 노인의 앞으로 조심스럽게 밀었다.

화면이 켜진 스마트폰에는 한 장의 지도가 떠 있었다.

지도는 강원도의 원주시와 평창군 사이의 지역이었는데 중앙에 붉은 깃발로 표시가 되어 있었다.

"이곳입니다."

지도를 본 노인이 나직하게 중얼거렸다.

"목적지가 정선이로군. 그곳에는 타이요우의 옛 안가가 있었는데 아직도 운영을 하고 있는 모양이로군."

중년인이 노인의 기색을 살피며 말했다.

"저도 그렇게 판단하고 있습니다만… 그런데 타케시 일행이 적의 공격에 노출되어 궤멸에 가까운 타격을 입은 듯하다는 조력자의 전언입니다."

노인이 고개를 들어 중년인을 보며 되물었다.

"적이라고? 누군지는 파악되었고?"

"타케시도 알지 못하는 듯합니다. 정체불명의 적이라고만 했답니다."

"정체불명의 적이라……."

노인의 눈매가 가늘어졌다.

"타이료오바타가 궤멸적 타격을 입을 정도로 강력한

정체불명의 적이라… 역시 '그'인 건가……."

노인의 입가에 희미한 미소가 떠올랐다.

그의 시선이 중년인을 향했다.

"승호는 계속 이수하 주변에 머물고 있느냐?"

중년인은 지체 없이 대답했다.

"예, 사제는 성실합니다. 그는 그녀의 움직임에 변동이 생길 때마다 보고해 옵니다."

노인은 고개를 끄덕이며 말했다.

"급할 때 요긴하게 써먹을 수 있을지도 모르는 여아다. 절대로 시야에서 놓치면 안 된다고 전해라."

"알겠습니다."

"성희는?"

"태양회의 요인으로 의심되는 정부 주요 인사들의 정보를 분석하는 데 전력을 다하고 있습니다."

노인은 진중한 얼굴로 말을 받았다.

"상황이 어떻게 변할지 알 수 없지만 이번 기회에 태양회의 박씨 가문을 제거할 기회를 잡을 수도 있다. 그렇게만 된다면 조력자의 도움을 받아 하부 조직을 손에 넣는 건 어려운 일이 아니다. 태양회는 하부가 상부를 모르는 점조직이다. 수뇌부 중에도 조직의 전모를 아는 건 박씨 가문의 직계와 조력자뿐이고."

그의 눈빛이 스산해졌다.

"그래서 성희가 하는 일이 중요하다. 소홀함이 있어서는 안 된다."

"성희의 삼촌을 죽인 게 태양회입니다. 복수를 완성할 때까지 그 아이는 쉬지 않을 겁니다."

"그 아이에게 거는 기대가 크다, 허허허."

그의 웃음에는 듣는 이를 오싹하게 만드는 음산한 여운이 감돌았다.

웃음을 거둔 노인의 안색이 돌처럼 무겁게 변했다.

그의 입술이 천천히 열렸다.

"지금 타케시 일행을 곤경에 빠뜨린 정체불명의 적이 내가 예상한 '그'가 관련된 세력이라면 이대로 두고 볼 수는 없다. 그는 모든 변수를 무력화시킬 수 있는 최강의 적이기 때문이다."

중년인의 입이 저절로 벌어졌다.

수십 년 동안 그는 노인이 다른 사람을 칭찬하는 걸 한 번도 들어보지 못했다.

적에 대해서라면 말할 것도 없었다.

그런 노인이 최강이라는 수식어를 써가며 칭찬하고 있었다.

노인의 말이 이어졌다.

"'그자'에 비한다면 암왕사신류의 후인을 제거하는 건 급한 일이 아니다. 암왕의 후인을 찾는 모든 조직원을 강원도로 보내라. 어떤 상황도 대응할 수 있는 최고의 경계 태세를 취하도록 하고."

"알겠습니다."

노인은 쉴 새 없이 지시를 내렸다.

"가네무라 슈이치가 정선에 있다는 정보를 흘려라."

"예?"

놀란 중년인이 고개를 들며 되물었다. 그가 생각할 때 이 시점에서 할 지시가 아니었기 때문이다.

노인은 당황한 중년인의 얼굴를 무심한 표정으로 바라보며 계속 지시를 내렸다.

"대상은 무스펠하임, 독수리의 발톱, 태양회, 타이요우, 앙천, 혈해, 빛의 고리, 현인회. 한국에 들어와 있는 주요 조직의 수뇌부 전부다."

중년인이 고개를 번쩍 들었다.

놀란 기색이 완연한 얼굴이었다.

"수뇌부 전부에 말입니까?"

"그렇다. 얼마 전 한국에 들어온 앙천주 혈안마제 적천휴와 모용산 당주, 클라우디아 왕녀, 마스터 크리스티나를 비롯해서 정보망이 닿는 모든 조직의 수뇌부가 대상이다."

"그들은 믿지 않을 것입니다."

중년인의 지적은 옳은 것이었다.

가네무라가 정선에 있다고 아무리 소문을 퍼뜨려 봤자 증거가 없다면 믿을 사람이 있을 리 없었다.

노인은 품에서 누렇게 빛이 바랜 종이 한 장을 꺼내어 중년인에게 건넸다.

종이에는 보는 순간 머리가 어지러워질 정도로 복잡한 수식이 빼곡하게 기록되어 있었다.

노인이 차가운 목소리로 말했다.

"이것을 첨부해라. 믿지 않을 자들은 없을 것이다. 그 래도 의심하는 자들이라면 '불멸인자'가 무엇인지 모르 는 것이다. 신경 쓸 가치도 없다."

중년인의 이마에 식은땀이 가득 찼다.

수십 년을 모셨지만 그는 스승의 신분을 명확하게 알 지 못했다. 어렴풋이 짐작하고 있기는 했지만 그 단서를 노인의 입으로 직접 듣게 되자 충격이 작지 않았다. 하지 만 지금은 속마음을 내색할 시점이 아니었다.

그는 이마를 바닥에 대며 복명했다.

"즉시 시행하겠습니다."

노인은 짧은 턱수염을 쓰다듬으며 중얼거렸다.

"멸망의 날이 될지, 신시대의 첫날이 될지 아무도 알지 못하는 날이 곧 올 것이다, <u>ㅎㅎㅎㅎㅎ</u>."

처음에는 입가에서 작게 시작된 음산한 미소가 곧 그의 얼굴 전체로 퍼져 나갔다.

*   *   *

전력을 다해 달리는 타케시의 눈에서 용암처럼 이글거리는 살기가 흘러나왔다.

방금 전 그의 귀를 파고든 처절한 비명의 주인이 누군지는 돌아보지 않아도 알 수 있었다.

비명은 낯설었다.

타케시는 지금까지 그들이 내지르는 비명을 들은 적이 없었다. 그러나 목소리 자체가 너무도 익숙했다.

그건 의심할 여지없이 하루쿠와 히로시의 것이었다.

가슴을 채운, 풀 길이 없는 분노 때문인지 속도가 평소보다 더욱 빨라졌다.

'태양회에 도움을 청하게 될 줄이야… 그들이 시간을 맞출 수 있을지… 적은, 너무 빠르다…….'

그는 두 명의 부하를 잃었을 때 비상 연락망으로 태양회에 지원을 요청했다.

내키지 않았지만 급한 불을 끄기 위해선 손을 벌릴 수밖에 없는 상황이었다, 그나마도 늦은 듯했지만.

타케시가 앞을 막은 2미터 높이의 덤불을 한 걸음에 뛰어넘어 지면에 발을 디뎠을 때였다.

가슴께에서 생각지도 못했던 목소리가 났다.

"타케시, 멈춰."

이혁의 음성이었다.

놀란 타케시는 고개를 내렸다.

머리를 비틀고 그를 올려다보다가 눈이 마주친 이혁이 쓰게 웃으며 말을 이었다.

"이 속도로는 도망칠 수 없다."

타케시는 걸음을 멈추지 않았다.

대신 이혁에게 질문했다.

"언제 정신을 차린 거냐?"

"그걸 궁금해 할 때가 아닌데?"

"입 다물어라. 지금은 달려야 할 때다. 부하들의 죽음을 헛되게 할 수 없으니까."

"틀린 말이 아니긴 한데… 하루쿠는 실수했어."

생각지도 못한 말. 게다가 이혁이었다. 그냥 무시하고 넘어가기엔 상대의 무게가 남달랐다.

마음이 불안해진 타케시가 다시 내려다보며 물었다.

"뭘 말인가?"

이혁이 짤막하게 대답했다.

"적은 한 명이 아니야."

타케시의 안색이 딱딱하게 굳었다.

이혁이 말을 이었다.

"최소한 둘 이상. 다른 팀은 네 부하들을 죽였고, 계속 너희 일행을 잡아 죽인 팀은 네 뒤를 쫓았어. 그리고 그 팀, 아니, 그년은 이미 와 있다."

그는 눈짓으로 타케시의 등 뒤를 가리켰다.

흠칫한 타케시가 고개를 홱 돌려 뒤를 돌아보았다. 그리고 놀라서 안색이 급변한 그는 튕기듯이 앞으로 3, 4미터를 전진하며 몸을 돌렸다.

그가 있던 자리엔 처음 보는 늘씬한 몸매의 혼혈 미인이 그를 보고 있었다.

다른 곳에서 보았다면 눈이 호강한다고 생각할 정도로 섹시한 가죽 의상이 잘 어울리는 여인이었다.

타케시와 마주한 타카코의 아름다운 눈동자에는 감정이 담겨 있지 않았다.

그것은 감정을 드러내지 않도록 훈련받은 사람의 것과는 궤가 다른 눈동자였다.

타케시는 그것을 바로 알아차렸다.

그는 탄식하며 어깨에 메고 있던 이혁을 천천히 바닥에 내려놓았다. 시선은 타카코를 향한 채였다.

그는 그녀의 정체를 바로 알 수 있었다.

어려운 일이 아니었다.

타이요우가 능력자를 만들어내는 과정도 혈륜의 아류라 할 수 있는, 그로부터 파생된 시스템이기 때문이었다.

'이 여자는 완전한 혈륜 과정을 거쳐 각성된 초상 능력자다, 그것도 살아 있는. 그 과정을 통과하면서 감정이 완벽하게 소멸당했어. 보고도 믿기 어렵군.'

그의 눈동자가 가늘게 흔들렸다.

'지난 역사를 통틀어도 혈륜의 전 과정을 안정된 상태로 끝까지 돌릴 수 있었던 사람은 이시이 시로와 가네무라 슈이치 둘뿐이다. 그들이 직접 개입한 건가……'

그의 짐작이 틀리지 않는다면 눈앞의 여자는 정말 위험한 존재였다.

타이요우를 만든 창설자이자 타케시의 조부인 리쿠 후지와라는 이시이 시로의 초인 연구에 깊이 관여했던 인물이었다. 그래서 타케시도 혈륜에 대해 많은 것을 알고 있었다.

'이 여자의 속도를 감안하면 이혁을 데리고 도주하는 건 불가능하다. 나 혼자 몸을 빼는 것도 어렵다……'

그는 가슴이 답답해졌다.

이유는 알 수 없었지만 눈앞의 여자는 쉽게 이혁을 차지할 수 있음에도 불구하고 그렇게 하지 않고 있었다, 마치 그와 일행을 말려 죽이고 싶기라도 한 것처럼.

생각에 잠긴 그의 귀에 덤덤한 목소리가 들렸다.

"어이, 타케시. 나를 포기하면 저 여자가 무사히 보내 줄지도 몰라."

타케시는 어처구니없다는 얼굴로 이혁을 힐끗 돌아보았다.

부하 전부를 잃으면서 확보한 이혁을 포기하라니, 어떻게 그럴 수가 있단 말인가.

화를 내려던 타케시는 그의 눈빛과 얼굴을 보고 그가 자신을 조롱하고 있지 않다는 것을 깨달았다.

이혁이 그를 보며 말을 이었다.

"저 여자가 관심이 있는 건 나지, 당신이 아냐. 지금 당신을 공격하지 않는 것도 그냥 동료를 기다리는 것일 뿐이지, 당신이 예뻐서가 아니라고. 동료가 오면 저 여자 마음이 어떻게 변할지 알 수가 없어. 당신도 느끼고 있지 않나? 지금이 아니면 이 자리를 피하는 게 불가능할 거라는 걸."

타케시는 잠시 말이 없다가 얼굴을 일그러뜨리며 입을

열었다.

"내 느낌도 너와 같다."

그의 심정이 어떤지 말해주는 목소리였다.

그건 목이 뭐에 눌린 것처럼 꽉 잠긴 데다 아주 탁했다.

이혁의 눈에 서늘한 빛이 어렸다.

그가 타케시를 향해 속삭이듯 말했다.

"해약을 줘. 그러면 내가 당신이 도주할 수 있는 시간을 벌어주지."

제6장

타케시는 이 상황에서 거래를 걸어오는 이혁의 담대함에 어이가 없는 한편으로 감탄할 수밖에 없었다.

이보다 나은 거래 타이밍을 잡는 건 불가능에 가까웠으니까.

이혁이 말을 이었다.

"내가 저것들을 조금 아는데, 위험하다는 거 빈말 아니야."

그의 눈은 진실을 말하고 있었다.

타케시가 타카코에 대해 짐작하고 있는 것처럼 이혁도 여자가 어떤 류인지 어렴풋이 알아차리고 있었다.

'살아 있는 것 같지만 맥박도, 심장박동도, 생기도 없다. 저건 대전 무역 전시관에서 만났던 것들과 동류야. 좀 더 완성형에 가까운 괴물이다.'

그는 자신의 추측을 확신했다.

그 정도로 눈앞의 여인이 풍기는 분위기는 오래전 대전에서 그가 처치했던 괴물들과 비슷했으니까.

이혁의 제안에 타케시는 입술을 지그시 물며 생각에 잠겼다.

그의 눈 깊은 곳에 망설이는 기색이 떠올랐지만, 그 시간은 길지 않았다.

이혁을 포기하면 부하들의 희생이 개죽음이 될지도 몰랐다. 그것이 마음에 걸렸지만 선택은 하나뿐이었다. 그리고 그는 자신에게 주어진 시간이 많지 않다는 것도 잘 알고 있었다.

타케시는 품에서 엄지손가락 한 마디 크기의 병을 꺼내 뚜껑을 열었다.

며칠 동안 물속에서 부패한 시체에서나 흘러나올 법한 악취가 진동했다.

이혁은 미간을 찡그리며 입을 벌렸다.

냄새만큼이나 지독한 맛의 액체가 식도를 타고 내려갔다.

독이 투여되자마자 즉각적으로 무력화되었던 것만큼, 해독제의 효과도 번개처럼 빨랐다.

이혁은 전신을 축 늘어지게 만들었던 독이 햇살에 닿은 이슬처럼 순식간에 증발하듯 사라지는 신기한 경험을 할 수 있었다.

조금씩 차던 단전도 단숨에 진기로 가득 차올랐다.

툭툭.

이혁은 자리에서 일어나며 엉덩이를 털었다. 그리고 시선은 타카코를 향한 채 타케시에게 말했다.

"맺힌 건 나중에 풀자고. 이제 떠나시오."

그와 타케시의 눈이 마주쳤다.

타케시가 낮은 음성으로 말했다.

"곧 다시 만나게 될 거다. 그때는 이런 식으로 헤어지지 않도록 더 철저하게 준비하겠다."

이혁은 빙긋 웃으며 말을 받았다.

"그러시든지, 흐흐흐."

웃음소리의 여운이 사라지기 전에 타케시가 서 있던 자리는 텅 비었다.

우둑우둑.

이혁은 목과 손가락 관절을 가볍게 풀었다.

실제로는 단 몇 시간에 불과했지만 느낌으로는 몇 달

처럼 길었던, 총체적 무기력의 시간 덕분에 몸이 자신의 것 같지가 않았다.

철 든 이후로 경험한 적이 없는 낯선 느낌에 통제력이 온전하게 돌아온 기분이 들지 않는 것이다. 하지만 그 어색함은 눈 두어 번 깜박할 시간이 지나기도 전에 사라졌다.

머리끝에서 발끝까지 관통하는 섬세한 감각의 전율을 느끼며 이혁은 길게 숨을 들이마셨다.

저택에서 싸우는 중에 칼에 여러 번 베인 채 연이어 독에 당한 터라 컨디션이 완벽하게 회복되지는 않았다. 그러기 위해서는 며칠 더 요양이 필요했다.

그렇다 해도 평소의 60퍼센트 정도에 달하는 힘이 단숨에 회복이 되었다.

그의 입가에 미소가 번졌다.

"좋군."

그의 덤덤한 눈길이 타카코를 향했다.

예상대로 그녀는 떠나는 타케시를 막아서지 않았다.

그녀의 시선은 이혁에게 고정된 채 1밀리미터도 움직이지 않고 있었다.

그의 눈빛이 강해졌다.

서북쪽에서 강력한 기세가 빠른 속도로 접근하고 있는

게 감각에 잡혔다.

'다른 놈이 오고 있다. 그전에 이 자리를 빠져나가자. 그놈도 저 여자만큼이나 느낌이 위험해. 한 명은 몰라도 지금 컨디션으로 둘을 한꺼번에 상대하는 건 무리가 있다.'

그는 마음을 정한 즉시 지면을 박찼다.

타케시에게 도주할 시간을 벌어주겠다고 한 건 적과 싸우겠다는 의미가 아니었다.

그의 몸 상태를 알고 있는 타케시도 그런 기대는 하지 않았을 것이다.

이혁이 노린 건 적의 목표가 타케시가 아닌 자신이라는 점이었다.

때문에 타케시와 다른 방향만 선택해도 시간 벌기의 효과는 충분하다고 판단했다.

적들은 그를 쫓을 테니까.

오직 달리는 것에만 집중하자 그의 몸은 눈으로 보기 어려울 정도로 빠른 속도를 냈다.

동시에 석상처럼 서 있던 타카코의 어깨가 반사적으로 꿈틀거렸다.

그녀는 한 발을 움직이는 것만으로 간단하게 이혁의 앞을 막아설 수 있었다.

앞서 죽어간 타케시의 일행은 지금 그녀의 속도만으로도 충분히 제압할 수 있었다. 하지만 그녀는 곧 자신이 이혁을 너무 쉽게 보았다는 것을 깨달아야만 했다.

눈앞에 있던 그가 갑자기 투명인간처럼 그 자리에서 사라진 것이다.

모습뿐만 아니라 기세와 기척, 느낌까지도 없어져서 타카코는 멈칫하며 몸을 회전시켜 자신의 좌우와 뒤를 돌아보았다.

눈동자가 가늘게 흔들리는 것이 적지 않게 놀란 듯했다.

이혁은 암왕경을 기반으로 한 묘행보와 암향무영, 그리고 사신암행을 한꺼번에 펼쳐 타카코의 그림자 속에 숨어 들어가 그녀의 뒤로 빠져나왔다. 그리고 전력을 다해 동북쪽을 향해 뛰었다.

타카코와 십여 미터의 거리를 벌린 이혁은 바람처럼 허공을 날아온 육중한 체구의 청동빛 거인이 그녀의 옆에 떨어져 내리는 것을 볼 수 있었다.

슬쩍 타카코를 돌아보다가 청동거인의 눈과 스치듯 시선을 마주친 이혁은 급하게 숨을 들이마셨다.

"후읍!"

보이지 않지만 허공에서 몸이 심하게 비틀거렸다.

그의 안색이 변했다.

'저 거인의 능력이다!'

마치 독에 중독되었을 때처럼 그는 온몸이 마비되며 앞으로 고꾸라질 뻔했다.

급하게 숨을 들이마시며 암왕경의 기운을 극한까지 끌어올리는 것으로 마비된 몸을 즉시 풀 수 있었다.

그러나 한 가지 문제가 해결되었다고 안심하기는 일렀다.

오히려 상황은 더욱 악화되었다.

'빌어먹을!'

속에서 저절로 욕이 터져 나왔다.

카즈야와 타카코는 이혁이 숨을 들이마시는 소리를 듣지 못할 만큼 귀가 어두운 자가 아니었다.

그렇기는커녕 그들은 10미터 떨어진 곳을 기어가는 개미의 발자국 소리를 들을 수 있을 만큼 청력이 좋았다.

쐐애애액—

공기가 찢어지는 소리가 날카롭게 나며 이혁이 있던 자리에 강력한 돌풍이 생겨났다.

쑤와아아앙—

타카코가 '가속'으로 만들어낸 돌풍은 단숨에 사방 4, 5미터를 휩쓸었다.

그 안에 휘말리면 뼈와 살이 채처럼 썰릴 수밖에 없는 기운이 내포된 바람이었다.

스팟!

아무것도 없던 허공, 돌풍의 경계 지점에서 몇 방울의 피가 튀었다. 그리고 카즈야가 성난 황소처럼 어깨를 곧추세우고 피가 번지는 허공을 향해 몸을 날렸다.

거인의 몸은 무거워 보였지만 실상은 깃털처럼 가벼웠고, 순간적인 움직임은 타카코의 '가속'과 비교해도 그리 뒤지지 않았다.

쾅!

"크윽!"

억눌린 비명 소리와 함께 그림자 하나가 십여 미터를 튕겨나가 아름드리 거목과 충돌했다.

콰콰쾅!

와지끈!

이혁은 서너 그루의 거목을 수수깡처럼 부러뜨리며 숲 속으로 나가떨어졌다.

두어 바퀴 바닥을 구른 그는 오뚝이처럼 일어섰다.

"쿨럭"

인상을 쓰며 가슴을 부여잡는 그의 코와 입에서는 고장 난 수도꼭지에서 쏟아지는 물처럼 피가 줄줄줄

흘렀다.

'거인놈… 그냥 탱크네. 갈비뼈 세 대가 부러지고 네 대에 금이 갔다.'

속으로 투덜거린 그는 그대로 몸을 날렸다.

달리는 그의 몸이 흐릿하게 변하는가 싶더니 꺼지듯 모습이 사라졌다.

소리와 기척도 사라졌다.

다시 펼쳐진 암향무영과 사신암행이었다.

이혁의 뒤를 따르려던 타카코가 미간을 찡그리며 걸음을 멈췄다.

카즈야 때문이었다.

한쪽 무릎을 꿇은 타카코는 카즈야의 어깨를 잡아 일으켰다.

카즈야의 상태는 이혁보다도 좋지 않았다.

바닥에 주저앉은 채 어깨를 타카코의 가슴에 기댄 그는 상체를 바로 세우기 위해 안간힘을 썼다.

애를 쓰고 있었지만 그의 몸은 계속 휘청거리며 옆으로 쓰러졌다.

그런 그의 눈, 코, 귀, 입. 몸의 구멍마다 검게 죽은피가 꿀럭이며 흘러나오는 것이 보였다. 내부의 상처가 굉장히 심각하다는 징표였다.

그럴 수밖에 없었다.

강철보다도 단단하다는 그의 오장육부는 절반이 두부처럼 으스러졌다. 그리고 목뼈와 갈비뼈, 팔뚝뼈와 척추뼈의 3분지 1 정도는 아예 가루처럼 부서졌다.

그가 몸을 연체동물처럼 흐물거리며 균형을 잡지 못한 채 일어서지도 못하고 있는 이유가 그 때문이었다.

이혁이 충돌할 때 그의 몸에 구겁천뢰탄을 밀어 넣은 결과였다.

찰나에 가까운 충돌의 순간, 이혁도 그냥 들이받히고 있지만은 않았던 것이다.

혈우팔법 중에서도 최강의 위력을 다투는 구겁천뢰탄의 위력은 명불허전이었다.

그것은 카즈야의 몸 안 곳곳에서 일곱 번 연이어 폭발했다.

최대 폭발 수치인 아홉 번에 이르지 못했던 것은 이혁이 아직 온전하게 회복되지 않은 때문이었다.

만약 아홉 번을 다 폭발했다면 카즈야의 몸이 제아무리 단단했어도 산산조각 난 살덩이 신세를 면치 못했을 것이다.

몸이 그렇게 최악의 상태인데도 카즈야의 무표정한 얼굴은 변함이 없었다.

다른 이유가 있는 건 아니었다.

그는 단지 고통을 느끼지 못할 뿐이었다.

혈륜으로 능력을 얻는 과정 속에서 그가 잃어버린 많은 것 중에는 통증 감각도 포함되어 있었다.

그가 타카코를 올려다보며 입을 열었다.

"타카코, 나를 들어라. 여기서 더 지체하면 그놈을 놓친다."

타카코는 고개를 끄덕이고는 거대한 카즈야의 뒷목을 잡고 일어섰다.

체격 차이가 세 배가 넘는 터라 두 손으로 번쩍 들지 않는 한 그녀가 그를 제대로 일으켜 세우는 건 불가능했다. 그리고 그렇게 들고 갈 생각이 전혀 없는 듯했다.

그녀는 카즈야의 목덜미를 잡은 채로 걸음을 옮겼다.

스팟!

주르르르!

투투투투툭, 턱, 투다닥, 툭!

쾅 퍽!

그녀가 지나간 자리엔 부서지고 뒤집힌 나무와 돌이 허공을 난무했다.

뿌연 먼지가 태풍처럼 일어났고, 바닥에는 굵고 길게 패인 줄이 남았다.

전부 카즈야가 몸으로 남긴 흔적이었다.

구겁천뢰탄에 망가지긴 했지만 그의 피부와 뼈는 강철보다 단단해서 그가 부딪친 돌과 나무가 아무리 크고 굵어도 그 정도로는 생채기도 나지 않았다.

암왕의 은신술로 모습을 감추고 달리는 이혁의 안색은 무겁게 가라앉아 있었다.

뒤에서 쫓아오고 있는 자들에 대한 두려움 때문은 아니었다.

마치 정해지기라도 한 것처럼 능력을 얻는 사람들은 인간적인 것 중 몇 가지를 잃는다.

이혁도 예외는 아니었다.

그도 몇 가지를 잃었다. 그중의 하나가 죽음에 대한 두려움이었다.

'오카타와 동일한 초상 능력을 가진 여자라고만 생각했는데… 아닌 것 같다. 그 여자가 일으킨 돌개바람… 그건 분명히 세 번째로 그녀에게 죽임을 당한 타케시의 부하가 가졌던 능력이야. 그리고 부딪칠 때 내가 휘두른 환상혈조에 베었는데도 실금만 생긴 피부는 그 청동거인의 방어 능력과 같고…….'

그는 타카코가 펼친 돌개바람과 동일한 것을 타케시의 부하가 펼치는 것을 본 적이 있었다. 그래서 한눈에 그것을 알아볼 수가 있었다.

'가능성은 두 가지야. 그녀는 테드처럼 다중 능력자이 거나 타인의 능력을 카피할 수 있는 거야. 쩝, 어느 쪽이 든 살벌하긴 마찬가지군.'

생각이 더는 이어지지 못했다.

쿵, 우르르 쿵, 쾅, 퍼퍼퍽, 쾅!

뒤에서 들리는 요란한 괴음 때문이었다.

고개를 돌려 확인한 이혁의 입에서 긴 한숨이 흘러나 왔다.

카즈야의 뒷목을 잡고 질질 끌며 달려오는 타카코의 아름답고 무표정한 얼굴이 눈에 들어왔기 때문이었다.

그녀의 뒤로 돌과 나뭇조각이 뒤섞인 흙먼지가 자욱하 게 일어나고 있었다.

"역시… 빌어처먹게 빨라!"

＊　　　　＊　　　　＊

한가롭게 남산의 산책로를 한 바퀴 돌고 내려오던 백 금발 청년이 고개를 돌려 뒤를 보며 입을 열었다.

"사토, 무슨 일이냐? 걸음이 너무 늦구나."

사토는 그에게서 5미터쯤 떨어진 뒤쪽에서 두 손을 늘

어뜨린 채 무언가에 귀를 기울이는 표정으로 서 있었다.

청년의 말을 들은 사토는 흠칫하며 잰 걸음으로 청년에게 다가왔다.

그의 안색은 약간 상기되어 있었다.

그에게서 보기 드문 표정이었다.

두 사람은 남산에서 몇 시간째 시간을 보내다가 이제야 하산하는 길이었다.

청년이 호기심 어린 눈으로 사토를 보며 물었다.

"무슨 보고이기에 네 표정이 그렇게 변한 거냐?"

"가네무라 슈이치가 은신한 장소에 대한 정보가 들어왔습니다, 주인님."

사토의 말에 청년의 눈에서 밤하늘을 밝히는 섬광과도 같은 시퍼런 빛이 떠올랐다 사라졌다.

"어디냐?"

"강원도에 있는 정선이라는 곳입니다."

"출처는?"

"아직 불명입니다. 파악 중입니다만 시간이 조금 걸릴 듯합니다."

"신뢰성은?"

"저는 믿을 만하다고 판단했습니다."

"왜?"

"유포자는 신뢰성이 의심받을까 우려해서인지 정보에 '불멸인자' 연구 자료의 일부를 첨부했습니다."

"호오!"

청년이 탄성을 토했다.

"네가 볼 때 어느 파트의 자료였느냐?"

"'혈륜'의 마지막 일부입니다."

청년의 눈빛이 스산해졌다.

"네 손에만 들어온 정보는 아니겠지?"

"이혁을 쫓던 주요 조직들이 전력의 일부를 정선 쪽으로 돌리고 있는 정황이 있습니다."

"정보를 한꺼번에 풀었구나."

"그렇게 보입니다, 주인님."

"타카코와 카즈야는?"

"정선으로 향하고 있습니다. 그리고 그들은 아직 이혁을 확보하지 못한 상태입니다. 카즈야가 중상을 입었지만 생명에 지장은 없고, 돌아오면 이틀 이내에 완전히 회복시킬 수 있습니다."

"명료한 보고로구나. 후후후."

청년은 밝게 웃으며 호주머니에 손을 집어넣은 채로 고개를 들었다.

하얗게 빛나는 해가 힘차게 하늘의 중앙을 향해 달려

가면서 천천히 주변의 공기가 데워지고 있었다.

잠시 말이 없던 청년이 낮은 목소리로 말했다.

"출처에 대한 파악은 필요 없을 것 같다, 사토."

그의 말에 사토가 고개를 들었다.

그의 눈빛은 담담했다. 청년이 어떤 말을 할지 이미 알고 있는 듯한 얼굴이었다.

청년이 말했다.

"그놈, 슈이치의 짓이야."

사토가 말을 받았다.

"저도 그렇게 생각하고 있습니다, 주인님."

"흥미로운 전개다……."

청년의 입가에 말로 설명하기 어려운 느낌의 미소가 번졌다.

옆을 스쳐 지나가던 20대 중반의 아가씨 두 명이 그 미소를 보고 반쯤 넋이 나간 표정이 되었다.

청년은 그녀들을 향해 가볍게 고개를 끄덕여 인사하고는 걸음을 옮기자 그제야 정신을 차린 아가씨들이 부끄러운 듯 얼굴을 붉히며 총총 걸음으로 멀어져갔다.

사토는 청년과 어깨를 나란히 하고 걸으며 말했다.

"야지마 회주가 영월 부근에 있습니다."

"그도 이번 추격전에 가담했느냐?"

"제가 정보를 주었습니다. 그는 1백 명의 시노비 전원을 이끌고 이동 중입니다. 하지만 이번 사건에 대해서 그가 반 박자 정도 늦게 정보를 입수했습니다. 그렇게 되도록 제가 손을 좀 썼습니다. 그래서 그는 이혁에게 직접 손을 댈 수 있는 거리를 확보하지 못했습니다."

청년은 사토를 보며 싱긋 웃었다. 만족스러워하는 기색이 진하게 배어 있는 미소였다.

사토의 조치가 마음에 든 것이다.

그가 입을 열었다.

"야지마가 협상했던 대로 타카코와 카즈야를 도울 것 같으냐?"

"그의 핏줄에는 배신과 협잡의 피가 흐릅니다. 원하는 것을 얻기 위해서는 언제든 동맹의 뒤통수를 치고도 남을 자이죠."

"이혁을 얻기 위해 움직일 거라는 거냐?"

"그렇게 생각합니다, 주인님. 죽음을 두려워하지 않는 시노비 1백을 데리고 있는 그가 동맹을 위해 이혁을 포기할 거라는 생각이 들지는 않습니다."

"후후후……."

짧은 웃음을 흘린 청년이 사토에게 말했다.

"그에 대해서도 준비를 했겠지?"

"물론입니다, 주인님."

"좋구나."

추임새를 넣듯 한마디를 한 청년이 가벼운 목소리로 말을 이었다.

"그건 그렇고, 돌아가는 정황을 보니 아무래도 슈이치가 나를 보고 싶어 하는 마음이 큰 듯하구나. 나만 그런 줄 알았는데 아니었어."

"하지만 자신의 위치에 대한 정보를 동시다발로 흘린 걸 보면 그는 주인님을 독대할 자신이 없는 것 같습니다."

"없겠지. 그놈은 천성이 소심한 겁쟁이야. 더구나 나와의 독대가 죽음이라는 걸 누구보다도 잘 아는데 어떻게 그런 자리를 만들겠느냐, 후후후."

들릴 듯 말 듯 낮게 흘러나온 웃음소리는 소름 끼칠 정도로 스산했다.

청년은 근처의 벤치에 앉았다.

사토도 자연스러운 태도를 유지하며 그의 옆자리에 엉덩이를 붙였다.

주먹으로 가볍게 허벅지를 톡톡 두드리던 청년이 지나가는 어투로 말했다.

"사토, 욕심에 눈먼 자들을 뒤엉키게 해라. 옛 사람들이 남긴 병법을 보면 지금도 써먹을 만한 것이 많다. 지금과 같은 상황에서는 혼수모어(混水摸魚)가 아주 좋겠군. 손자병법의 혼전계에 속한 다른 계책들을 섞어 사용하면 아주 적절할 거야."

"조치하겠습니다, 주인님."

청년은 말없이 고개를 끄덕이고는 벤치에 등을 기댔다. 그리고 지나가는 사람들을 물끄러미 쳐다보던 그가 불쑥 입을 열었다.

"슈이치는 과연 정선에 있을까?"

"그럴 가능성은 희박하지 않을까 싶습니다, 주인님. 그가 지난 세월 동안 어떤 힘을 축적하였든 지금 정선에 모이는 세력들을 상대하는 건 자살행위나 다름없습니다. 그걸 모를 자가 아닙니다."

"다른 곳에서 전체 판세를 조종하고 있다? 합리적인 분석이긴 하지만 길게 보면 문제는 조금 다르다, 사토."

사토는 진중한 기색으로 귀를 기울였다.

청년의 말이 이어졌다.

"부재중인 상태에서 정세를 조종하기에는 상대들이 너무 노회하다. 단기적으로는 먹힐지 몰라도 지속적으로 가능하지는 않아."

"그럼……."

"슈이치는 정선에 없다."

앞의 말과는 다른 결론이어서 사토는 자신도 모르게 반문했다.

"예?"

청년이 끊어치듯 말했다.

"하지만 곧 그놈은 정선으로 갈 것이다."

그의 입가에 담담한 미소가 떠올랐다.

"지금 출발하면 그놈이 정선으로 들어갈 때 만날 수도 있을 것 같구나, 사토."

"준비하겠습니다, 주인님."

청년은 한 팔을 들어 어깨동무하듯 사토의 어깨를 감쌌다.

"이혁을 잡는 것도 슈이치만큼 중요하다."

"잊지 않고 있습니다."

"여러모로 기대가 되는 하루야. 그래서 기분이 정말 좋구나."

청년은 자신의 말처럼 유쾌한 미소를 지었다.

사토도 빙그레 웃었다.

남산의 아침 공기는 상큼했다. 하지만 사토는 그 속에서 머릿속을 가득 채우는 강렬하고 진한 피의 향기를 맡았다. 그래서 그도 청년만큼이나 기분이 좋아졌다.

         *   *   *

이혁은 눈살을 찌푸렸다.

카즈야를 질질 끌며 바람처럼 달려오는 타카코의 얼굴을 보자마자 부러진 갈비뼈들이 고통을 호소하며 아우성을 쳤다. 하지만 인상을 찌푸린 건 아파서가 아니라 짜증이 나서였다.

'롤러코스터처럼 움직이는 뫼비우스의 띠에 올라탄 기분이네. 무슨 상황이 끝없는 위험의 연속이냐. 빌어먹을……'

그는 속으로 되지도 않는 말을 투덜거리며 암왕경을 극한까지 끌어올렸다.

회복된 지 얼마 지나지 않은 단전이 진동할 정도로 강렬한 집중이었다.

나무와 덤불들이 만들어내는 옅은 그늘 밑으로 유령처럼 스며든 그는 타카코와 거리를 벌리려 노력했다. 하지만 몇 초 지나지 않아 자신의 시도가 성공하지 못하고 있다는 것을 알아차렸다.

쿵, 퍽, 쾅, 우르르, 와지끈!

타카코는 무표정한 얼굴로 그가 있는 곳을 향해 똑바

로 달려오고 있었다.

그가 방향을 이리저리 바꾸며 교란작전을 펴도 타카코는 전혀 혼란스러워하지 않았다.

전력을 다해 달리며 이혁은 속으로 연거푸 한숨을 내쉬었다.

'암향무영과 사신암행을 꿰뚫어 보는 능력까지 가진 거냐?'

하지만 그게 불가능한 일이라는 걸 누구보다도 잘 알았다.

암왕사신류의 은신술은 수백 년 동안 뛰어난 적들로부터 철저한 검증의 과정을 거쳤다.

이 세상에 '절대'라는 건 없다지만 타카코의 능력이 아무리 뛰어나도 암왕의 은신술을 꿰뚫어 볼 정도라는 건 받아들이기 힘든 결론이었다.

그러다 그는 자신의 팔뚝에 난 상처를 보게 되었다. 달리는 와중에 지혈했기에 피가 나지 않았지만 아문 건 아니어서 핏물이 맺혀 있었다.

이혁은 코끝을 스치는 피 냄새를 맡았다.

'설마… 저 여자… 개코인 거야?'

이혁은 추적을 피하기 위해서 핏방울을 흘리지 않도록 조치한 것만으로 타카코를 떨어뜨리기에 부족했다는 걸

인정할 수밖에 없었다.

보통의 경우라면 충분히 통했을 테지만 그녀는 너무 빨라서 피 냄새가 바람에 실려 사라지기 전에 이혁이 있던 자리에 도착했다.

그녀가 속도를 유지하고 이혁의 상처가 사라지지 않는 한 피할 수 없는 것이다.

생각이 끝나기도 전에 마주하고 싶지 않았던 최악의 상황이 도래했다.

콰콰콰콰쾅!

아무것도 없던 허공에 이혁의 모습이 드러났다.

팔뚝을 십자로 교차해 얼굴 앞을 방호한 그는 뒤로 무섭게 튕겨 나가며 십여 그루의 아름드리나무를 부러뜨렸다.

강력한 타격에 암왕경이 흐트러지며 암향부동과 사신암행의 기법이 해제된 것이다.

그가 있던 자리에 타카코가 나타났다.

그녀는 강력한 몸통 공격으로 이혁을 공격해서 움직임을 차단했다. 그리고 튕겨 나가는 그의 뒤를 따라 몸을 날렸다.

흙먼지와 떨어진 나뭇잎들이 태풍처럼 흩날렸다.

이혁은 잠시도 쉬지 못하고 팔꿈치로 지면을 밀었다.

그의 몸이 바람처럼 옆으로 수 미터를 뒹굴었다.

퍼펑!

그가 쓰러졌던 자리에 1미터 깊이의 거대한 구덩이가 패였다.

타카코의 몸이 허리까지 땅속에 파묻혀 있었다.

땅을 밀어내며 미사일처럼 솟아오르는 타카코를 본 이혁은 이를 악물었다. 물러서기엔 이미 늦었다.

그는 두 발을 교차시키며 그녀의 머리를 걸어차 갔다.

그의 발끝이 움직이는 속도는 경이적이어서 지면을 훑은 뒤에도 허공에 잔상이 길게 남았다.

타카코는 상체를 뒤로 젖혀 이혁의 발을 피했지만 그건 일시적이었다.

허공을 걸어찼던 두 발이 허공에서 기묘한 궤적을 그리며 방향을 틀더니 그녀의 머리 위로 벼락처럼 떨어졌다.

야차회륜박의 연환수법이었다.

파파파팟!

타카코는 한 손으로 이혁의 발을 걷어내다가 더는 견딜 수 없는 듯 카즈야의 뒷덜미를 놓고 두 손을 휘둘러댔다.

파파파팡, 퍼펑!

손과 발이 부딪치며 두 사람 사이에 날카로운 기운과 거친 바람이 미친 듯이 일어났다.

이혁의 빠르고 쉴 새 없는 공격은 타카코의 움직임을 효과적으로 봉쇄했다.

그녀는 미처 구덩이에서 빠져나오지 못한 상태에서 이혁의 공격을 방어해야만 했다. 게다가 야차회륜박은 그녀가 다른 수법을 펼칠 여유를 주지 않고 있었다.

곁에서 볼 때 우세를 점하고 있는 듯한 이혁의 표정은 왠지 별로 좋지 않았다.

암왕류의 전투기법인 혈우팔법을 제대로 펼치지 못하는 건 그도 타카코와 다를 바가 없었기 때문이었다.

그녀는 순순한 힘과 속도 외에 그가 다른 기법을 펼칠 시간적 여유를 허락하지 않았다.

그만큼 두 사람이 몸을 움직이는 속도는 믿을 수 없을 정도로 빨랐다.

제7장

‘현재의 컨디션으로 이 여자와 계속 싸우는 건 무리다. 결코 테드보다 약하지 않아.’

강렬한 빛나는 이혁의 눈에 무거운 기색이 떠올랐다.

아무리 위태롭고 열악한 처지에 빠져도 여유와 장난기(?)를 잃지 않는 그였다.

하지만 자신과 적의 강약을 비교할 때는 냉정함과 객관성을 유지하려고 애썼다.

그것이 싸움의 기본이며 정석이라는 걸 잘 알고 있었기 때문이다.

그렇게 내린 결론은 그에게 유리하지 않았다.

그가 평가한 타카코의 전투력은 그가 싸운 수많은 강자 중에서도 최상위 레벨에 속하는 것이었다.

게다가 어떤 과정을 거쳤는지 몰라도 그녀는 시간이 흘러도 지칠 기미를 보이지 않았다.

반면 그의 컨디션은 정상일 때의 60퍼센트에도 미치지 못했고, 시간이 갈수록 나빠지고 있었다.

이런 상태로 싸움이 계속된다면 결과는 정해진 것이나 다름없었다.

'30분의 휴식만 가질 수 있어도… 빌어먹을…….'

속에서 욕이 절로 나왔다.

안타까움 때문이었다.

상념은 찰나지간에 이루어졌다. 그사이에도 그와 타카코의 공방은 쉴 새 없이 이어졌다.

퍼퍼퍼퍼퍼퍼퍽!

그들이 부딪칠 때마다 사방 4, 5미터의 공간이 일그러지며 흙먼지가 미친 듯이 밀려 나갔다.

눈 서너 번 깜박일 동안 1백여 회에 가까운 공격을 쏟아부은 이혁은 내력이 달리는 것을 느꼈다.

경락 전체에 탁한 기운이 가득 차올랐다.

'진짜 괴물이군.'

백여 회의 공격으로도 그는 우세를 점하지 못했다. 오

히려 공격이 이어질수록 적의 대응에는 조금씩 여유가 생겨났다. 적응하고 있는 것이다.

그의 몸 상태가 정상이 아닌 것을 감안해도 타카코의 능력은 상상을 넘어서는 것이었다.

'이대로는 안 된다. 일단 이 자리를 벗어나야 한다. 열세로 반전되면 더는 기회가 없다.'

이혁은 마음을 정했다.

'다행인 건 저 여자가 동료를 버리지 않는다는 건데……'

그의 시선이 카즈야를 힐끗 훑었다.

타카코는 이혁과 싸우는 매 순간 그를 등 뒤에 두고 있었다. 그 의미는 명백했다.

그녀는 카즈야를 보호하고 있었다.

이혁의 시선이 그에게 닿은 것을 느낀 듯 그녀의 눈에 핏빛의 기운이 넘실거렸다.

그 순간, 이혁의 두 발이 타카코의 목과 머리를 쓸었다. 그녀도 반사적으로 그것을 막아갔다.

두 사람의 손과 발이 부딪치는 순간, 타카코는 자신의 두 손이 허공을 쳤다는 것을 깨달았다.

이혁의 몸이 뱀처럼 땅을 훑으며 그녀의 뒤로 돌아가고 있었다. 지면과 붙은 듯 보였지만 그는 손끝과 발끝만으로 몸의 균형을 유지하며 움직였다.

무영경의 기법 중 하나인 암롱둔행이었다.

타카코는 단숨에 구덩이에서 몸을 빼냈다. 그리고 측면을 휘돌아 나가는 이혁의 옆구리를 가공할 속도로 걷어찼다.

이혁은 공격을 회피하는 대신 한쪽 무릎을 비틀 듯 세워 그녀의 발을 막았다.

쾅!

타카코의 발바닥과 묘한 각도로 세워진 이혁의 무릎이 충돌하며 거센 폭음과 함께 그의 몸이 포탄처럼 튕겨 나갔다.

동시에 그의 한 손이 쓰러져 있는 카즈야의 어깨를 후려쳤다.

강력한 회오리바람이 청동거인의 거구를 공깃돌처럼 들어 올려 이혁의 반대 방향으로 날려 버렸다.

카즈야의 몸은 소용돌이에 휘말린 조각배처럼 회전하며 십여 미터를 날아갔다.

흡룡와류폭의 기법이었다.

타카코의 눈에 짧게 갈등의 기색이 떠올랐다.

그녀는 카즈야를 감싼 소용돌이가 심상치 않다는 것을 느꼈다. 소용돌이에는 폭발 직전의 시한폭탄을 보는 듯한 느낌이 깃들어 있었다.

그녀의 느낌은 옳았다.

카즈야를 휘감은 흡룡와는 대선폭의 기법으로 빠르게 진화하고 있었다.

물론 본래의 위력보다는 현저하게 약한 폭발이 될 터였지만 그것까지 알 수는 없었다.

타카코의 몸이 그 자리에서 꺼지듯 사라졌다. 동시에 카즈야의 몸이 이혁에게 타격당한 자리로 돌아왔다.

그의 뒷덜미는 타카코의 손에 잡혀 있었다.

콰쾅!

카즈야가 있던 자리에서 요란한 폭음이 터졌다.

후두두둑. 퍼퍼퍼퍼퍽! 콰쾅!

수십 갈래의 비수처럼 날카로운 바람이 숲을 난도질하며 엉망진창으로 만들었다.

폭발은 거칠었지만 카즈야의 단단한 몸을 부술 정도는 되지 못했다.

타카코는 자신이 속았다는 것을 알았다.

이혁의 모습은 보이지 않았다.

짧은 시간 사이에 그는 꽤나 먼 거리까지 움직인 것이다.

타카코의 입가에 미소가 떠올랐다.

"재미있군."

낮게 중얼거린 그녀가 지면을 박찼다.

스팟!

그녀의 모습이 사라졌다.

우르르르— 콰콰콰쾅!

그녀가 움직인 길 뒤에는 숲이 뒤집히는 소리가 요란하게 났다.

소리 없이, 그리고 빠르게 이동하면서 이혁은 시야에 들어오는 것과 감각에 잡히는 모든 것을 읽기 위해 전력을 다했다.

뒤에서 들리는 요란한 굉음이 빠르게 가까워지고 있었다.

타카코였다.

'정말 빠르다. 아마도 청동거인이 아니었다면 벌써 따라잡혔을 거야.'

울창한 숲과 계곡이 끝도 없이 이어졌다.

이혁의 이동 속도라면 바로 포장된 도로와 마을이 곧 나타나야 하는데 그런 것은 보이지 않았다.

그가 마을이 있는 곳을 피해서 이동하고 있어서였다.

타카코는 물론이고 다른 추적자들도 그를 손에 넣기

위해서라면 무슨 짓이든 할 자들이었다.

그들은 오직 자신들과 같은 부류만을 인간으로 보았다. 그들에게 평범한 사람들은 짐승과 다를 바가 없었다.

당연히 그들의 사고방식 내에서 보통 사람들을 죽이는 건 닭이나 오리를 잡는 것과 차이가 없었다.

닭 수만 마리를 죽인다고 양심의 가책을 받지는 않는다.

그들은 그런 마음가짐으로 수만 명을 아무렇지도 않게 죽일 수 있는 자들이었다.

언제든 파괴적인 힘을 쓸 준비가 되어 있는 자들에게 평범한 사람들의 도시를 무방비 상태로 노출시킬 수는 없었다.

5년 전 그가 대전에서 겪었던 무자비한 참상이 재현될 게 뻔했으니까.

어른 서너 명이 손을 잡아야 안을 수 있을 듯한 거목의 그늘을 스쳐 지나며 그는 이를 악물었다.

'빌어먹을… 내력이 잘 이어지지 않는다. 운기를 할 틈이 없으니…….'

타카코와 싸울 때 소진된 내력을 회복하지 못한 채 이어진 2십여 분에 걸친 전력 질주로 인해 그의 단전은 거의 텅 비다시피 했다.

물론 내력은 언제든 충전이 가능했지만 그러기 위해서는 잠시라도 쉬면서 운기를 해야 했다. 그러나 그것은 지금 그에게 선택할 수 있는 사항이 아니었다.

타카코가 너무 빠른 탓에 걸음을 멈출 수가 없었다.

1분여가 더 지났을 때 이혁은 주먹을 꽉 움켜쥐었다. 손등에 불거진 푸른 힘줄이 지렁이처럼 꿈틀거렸다.

'더 이상 암왕경을 유지하기 어렵다.'

내력의 흐름이 끊겼다 이어짐을 반복하고 있었다. 끊어지는 횟수가 점점 늘면서 시간도 길어졌다.

암향부동과 사신암행을 유지하기 위해서는 암왕경의 운용이 자연스러워야 했다.

지금처럼 내력이 불안정하면 암왕경을 안정적으로 운용하는 건 불가능했다.

억지로 암왕경을 유지하면 싸우기도 전에 주화입마에 빠져 폐인이 될 수도 있었다.

남은 선택지는 하나, 다시 싸우는 것뿐이었다.

각오를 다지며 덤불 속에 스며들어 가던 이혁의 얼굴이 갑자기 환해졌다.

그는 물에 빠졌는데 눈앞에 튜브가 던져진 사람처럼 밝은 얼굴이 되었다.

이곳에서 볼 수 있으리라고 생각지도 못했던 사람들이

근심 어린 얼굴로 타카코와 그가 있는 자리에 번갈아 시선을 주고 있었다.

이혁의 시야에 들어온 사람들은 체구가 아담한 할머니와 회색 정장 수트를 단정하게 차려입은 두 명의 노인이었다.

특이하게도 그들은 이런 곳에서 만나기 어려운 서양인이었다. 그리고 셋 중 온화한 인상의 할머니는 이혁이 너무도 잘 아는 사람이었다.

'멜리사!'

반가움에 큰소리로 그녀를 부르려던 이혁은 입을 다물었다. 그의 눈에서 쏘는 듯 강한 빛이 흘러나왔다.

멜리사 일행이 이 자리에 나타난 건 불과 몇 초 전이었다. 그런데 어느새 분위기가 확 달라져 있었다.

소름 끼치는 살기가 송곳처럼 피부를 찔러대는 것을 느끼며 이혁은 타카코가 달려오던 방향으로 고개를 돌렸다.

숲에는 정적이 흐르고 있었다.

언제부터인지 카즈야의 몸이 장애물과 충돌하며 나던 굉음이 사라진 때문이었다.

이혁은 타카코가 카즈야의 뒷목에서 손을 떼고 있는 것을 보았다. 어쩔 수 없이 뗀 것이 아니라 그녀가 자진

해서 저런 행동을 하는 건 처음이었다.

그녀는 멜리사를 응시하며 가지런한 이를 드러내고 활짝 웃고 있었다.

이혁은 심호흡을 하며 전력을 다해 기운을 끌어모았다.

멜리사를 대하는 타카코의 태도는 그를 상대할 때와는 뭔가 달랐다. 그것이 그를 긴장시켰다.

타카코의 입술 사이로 음의 고저가 거의 없어 둔탁하게 들리는 영국식 영어가 흘러나왔다.

"대여신 다누의 영혼을 품고 있는 여인, 주인님이 작성하신 명단의 가장 높은 곳에 자리 잡은 인물 가운데 한 분을 이처럼 쉽게 만나게 되다니 뜻밖의 행운입니다, 멜리사."

마음이 담겨 있는 것 같지도 않았고, 듣기 편한 음색도 아니었다. 그러나 내용은 대단히 정중했다.

타카코의 말을 들은 멜리사의 안색이 어두워졌다.

'단지 전투에만 특화된 마리오네트인 줄 알았는데… 저장된 기억을 떠올리기만 하는 걸까, 아니면 의식을 갖고 있는 걸까. 저것이 정말 스스로 판단할 줄 아는 존재라면⋯⋯.'

그녀의 눈동자가 가늘게 흔들렸다.

'불완전한 혈륜은 피시술자의 의식을 어느 정도 보존 시키지만 완전한 혈륜 과정을 통과하며 초상 능력을 얻은 피시술자들은 사고 기능이 붕괴된다고 알고 있었는데… 그 한계마저 넘어선 혈륜을 돌릴 수 있는 자가… 만약 내 생각대로라면 이건 진실로 중대한 사건이야……'

생각에 잠긴 채 잠시 말없이 서 있던 그녀의 눈가에 언뜻 반가운 기색이 떠올랐다가 사라졌다.

발아래 그녀의 그림자가 일렁이며 이혁이 윙크를 던지 는 것을 본 것이다.

코 윗부분만 나타났다가 유령처럼 흩어진 그의 등장시 간은 너무 짧아서 본 사람은 그녀밖에 없었다.

미소와 함께 고개를 든 그녀가 콜튼과 프레드릭을 번 갈아 보며 입을 열었다.

"우리가 잠깐 저 마리오네트의 발길을 잡아두어야 할 것 같네. 힘들 좀 써주시게나."

이혁을 찾지 못한 상황에서 싸움부터 하라는 그녀의 말은 갑작스러운 것이었다. 하지만 콜튼과 프레드릭은 토를 달지도, 이상하게 생각하지도 않았다.

멜리사가 하는 말에는 언제나 특별한 뜻과 무게가 담 겨 있었다. 그녀와 함께한 기나긴 세월 동안 예외는 한 번도 없었다.

콜튼이 웃으며 그녀의 말을 받았다.

"기꺼이 명을 받들지요, 멜리사."

멜리사가 가볍게 눈을 흘기며 말했다.

"이건 명령이 아니라 부탁일세."

그들의 대화를 듣고만 있던 타카코가 예의 고저 없는 목소리로 말했다.

"놀고들 있군요. 보고 있으니까 짜증이 나요. 갈 길이 바빠서 그런데 그만들 죽어주시는 게 어떨까요?"

멜리사 일행은 눈살을 찌푸렸다.

표정의 변화 없이 아무렇지도 않게 하는 타카코의 말이 묘하게 음산했다.

콜튼이 한 걸음 앞으로 나서며 말했다.

"누구한테 배웠는지 모르겠지만 정말 버릇없는 말투로구나. 어쨌든 우리도 바쁘긴 마찬가지란다, 아이야."

타카코의 눈이 핏빛으로 물들었다.

그녀가 말했다.

"반가운 말이네요. 그럼 얼른 죽어버리세요!"

말과 함께 콜튼이 서 있는 곳 바로 코앞의 공간이 굉음과 함께 찢겨 나갔다.

쑤와와아아앙—

소름 끼치는 살기가 사방을 뒤덮었다.

콜튼의 앞에서 공간을 찢으며 갑작스럽게 등장한 바람은 수백 번의 정련으로 잘 벼려진 칼날처럼 예리했다.

그리고 범위가 확장되는 속도 또한 피할 틈을 찾을 수 없을 만큼 빨라서 멜리사 일행은 공격에 그대로 노출되었다.

스스스스스슛!

톱니바퀴처럼 회전하는 바람의 칼날은 섬뜩한 살기를 흘리며 10평방미터의 공간을 단숨에 채 썰듯 난자했다.

머리카락이 먼지처럼 부서지고 옷이 잘게 찢겨 나갔다.

모두 금방이라도 피를 뿜으며 쓰러질 것만 같았다.

그때 멜리사 일행이 서 있던 공간의 중앙 지점에서 강력한 힘이 일어났다.

그것은 사발을 엎어놓은 것처럼 반구형의 돔으로 부풀어 오르더니 세 사람을 감쌌다.

돔이 생성되는 속도는 빛처럼 빨랐다.

바람의 칼날과 투명한 돔형의 방어막이 거세게 충돌했다.

콰콰콰콰쾅!

수십 개의 폭탄이 터지는 듯한 굉음과 함께 사방 십여 미터의 지면이 뒤집어졌다. 그리고 아름드리나무가 수수깡처럼 부러지고 깨져 나간 돌조각들이 공깃돌처럼 허공을 날았다.

프레드릭의 안색이 딱딱해졌다.

그는 믿을 수 없다는 듯 자신과 일행의 발을 내려다보았다.

멜리사를 포함한 세 사람은 반걸음 뒤로 밀려나 있었다.

그들의 발 앞에 생겨난 10센티미터 깊이의 도랑이 자의로 밀려난 것이 아님을 극명하게 드러내 주었다.

그는 공간 비틀기와 다중 방어막 제어에 특화된 능력자로 돔형의 방어막은 자신이 펼친 것이었다.

프레드릭은 불신과 놀람이 가득 들어 있는 눈으로 타카코를 쳐다보았다.

그도 그럴 것이 지난 수백 년 동안 방어막을 펼친 그를 뒤로 물러나게 한 사람은 한 명도 없었던 것이다.

놀람은 컸지만 그러고만 있을 수는 없었다.

타카코가 멈추지 않았기 때문이다.

콰아아아아아아앙!!

굉음이 연속해서 울렸다.

충돌이 너무 빨리 이루어지고 있어서 소리는 메아리처럼 긴 꼬리를 물고 이어졌다.

세 사람을 둘러싼 방어막은 부서질 듯 짜부라졌다가 원 상태로 회복되기를 반복했다.

프레드릭은 입과 코에서도 핏물이 비쳤다. 몸이 격렬한 충격의 여파를 전부 흘려보내지 못하고 있는 것이다.

그는 방어막을 펼치는 것만으로 전세를 바꾸지 못한다는 것을 잘 알고 있었다. 그래서 또 다른 능력인 공간 비틀기로 타카코를 공격했다.

공간 비틀기는 사방 3미터 범위의 공간을 합치거나 분리시켜 그 안에 있는 물체를 공격하는 기법으로 치명적인 위력을 갖고 있었다. 그러나 불행하게도 그의 공격은 타카코에게 위협이 되지 못했다.

그가 공간을 비트는 것보다 그녀가 그 범위를 벗어나는 속도가 한 발 더 빨랐기 때문이다.

콜튼은 프레드릭의 싸움을 구경하는 듯 아무것도 하지 않고 타카코만 보고 있었다. 그러나 그건 겉보기에 불과했다.

그도 전력을 다해 공격하고 있었다.

단지 지닌 능력의 특성상 공격이 겉으로 보이지 않을 뿐이었다.

그는 타인의 정신 제어와 환상 생성에 특화된 능력자였다.

타카코가 바람의 칼날로 공격에 들어가던 순간에 그도 그녀의 정신을 공격했다.

그가 만든 환상은 마음에 죽음의 공포를 불러일으키는 것이었다.

그 공격에 당한 자는 심한 경우 자살에 이르렀고, 약해도 움직임을 둔화시키는 효과가 있었다. 하지만 곧 콜튼의 안색은 프레드릭처럼 하얗게 질렸다.

믿을 수 없다는 듯 있는 대로 눈을 부릅뜬 그의 코에서 가는 핏물이 흘러내렸다.

타카코는 무표정한 얼굴로 쉴 새 없이 세 사람을 공격했다. 공격력도 약화되기는커녕 점점 더 세져서 바람의 칼날은 태풍이 휘몰아치는 듯한 형태로 진화했다.

콜튼의 정신 공격이 그녀에게 아무런 영향도 미치지 못하고 있다는 것이 명백해졌다.

그 모든 변화는 눈 두어 번 깜박일 사이에 벌어졌다. 그리고 이혁은 그것을 똑똑히 보았다.

그의 안색이 어두워졌다.

적은 생각보다도 더 강했다, 현인회의 노괴물(?)들조차 버거워할 정도로.

프레드릭과 콜튼이 우세를 점하지 못하는 걸 본 그는 이를 악물며 암왕경을 끌어올렸다.

어떻게든 전투를 거들어야 했다. 하지만 강력한 의지로도 안 되는 일이 있었다.

그의 안색이 창백해지며 전신에서 식은땀이 배어 나왔다.

단전과 경락에서 찢어지는 듯한 고통과 함께 뜨겁고 불쾌한 기운이 스멀거리며 느껴졌다.

기운의 정체가 무엇인지 아는 건 어렵지 않았다. 그것은 무인들이 가장 두려워하는 주화입마의 초기 증상이었다.

'빌어먹을… 더 이상 기운을 강제로 끌어올리면 주화입마에 들지도 모르겠군.'

그 순간이었다.

이혁의 머릿속에 맑고 온화한 여인의 목소리가 환상처럼 울려 퍼졌다.

'켄, 무리하지 마. 우리가 저 아이의 발을 묶을 테니 어서 이 자리를 피해.'

이혁은 속으로 쓰게 웃으며 머릿속으로 생각했다.

'멜리사, 피할 수 있는 여자가 아니에요. 시간만 벌어 주세요.'

동시에 그는 타카코와의 만남 이후 벌어졌던 일들을 심상에 띠웠다.

멜리사가 가진 여러 가지 능력 중 강력한 근거리 텔레파시와 독심술도 포함되어 있어서 그가 생각을 떠올리는 것만으로도 의사는 충분히 전달되었다.

이혁의 심상을 들여다본 멜리사는 그가 왜 자리를 벗어나지 않겠다고 했는지 이해할 수 있었다.

타카코는 지금의 이혁이 뿌리칠 수 있다고 자신하기엔 너무 빠른 속도를 가진 적이었다.

그녀가 멜리사 일행을 무시하고 이혁을 쫓는다면 결과는 불을 보듯 뻔했다.

'어쩔 수 없군. 그럼 싸움은 신경 쓰지 말고 회복에 전념해. 최대한 집중하고. 저 아이는 정말 특별해. 켄의 도움이 필요할지도 몰라.'

이혁은 멜리사의 목소리에서 혼란스러워하는 듯한 느낌을 받았다.

그녀로부터 한 번도 받아본 적이 없는 느낌이었다. 콜튼과 프레드릭의 얼굴에서도 여유는 보이지 않았다.

상대의 능력이 그들을 긴장시킬 정도로 강하다는 것을 알 수 있는 표정들이었다.

이혁은 가슴에 돌을 얹은 것처럼 답답해졌다.

멜리사를 돕고 싶었지만 당장 그럴 수 없는 자신의 상태가 불러일으킨 감정이었다.

그는 멜리사의 그림자를 빠져나와 근처의 나무 그늘로 이동했다.

암왕경을 거두자 그의 모습이 햇살 아래 드러났다.

타카코와 싸우는 와중에도 그를 살펴본 멜리사 일행의 얼굴에 놀람의 빛이 떠올랐다.

이혁의 안색은 시체처럼 퍼렇게 물들어 있었고, 얼굴과 몸 곳곳에 말라붙은 핏자국이 덕지덕지 붙어 있었다. 게다가 움직임도 둔했다.

멜리사와 눈이 마주친 이혁은 가볍게 고개를 끄덕이고는 가부좌를 틀었다.

저들을 도우려면 그녀의 말처럼 최대한 빨리 컨디션을 회복해야 했다.

눈을 반쯤 내리감고 마음의 눈으로 내부를 살피며 생사회혼술로 몸을 치유하기 시작했다.

변칙이 아니라 원칙에 따른 치유술이었다.

사정을 모르는 사람은 당장 효과를 보기 위해서 응급조치법인 회천조화결을 펼치는 게 더 옳지 않나 생각할 수도 있었지만 그래서는 안 되었다.

그 기법으로 내력의 원천인 진원지기를 끌어내 회복에 필요한 시간을 획기적으로 줄일 수는 있었다. 그러나 지금처럼 잠력마저 고갈되어 주화입마의 징후가 보이는 상태에서 그것을 펼쳤다가는 폐인이 되거나 죽음에 이르는 치명적인 내상을 입을 가능성이 컸다.

그가 치료에 돌입하는 것을 본 멜리사는 타카코에게 고개를 돌렸다.

쾅, 쾅, 쾅, 쾅, 쾅!

그사이에도 프레드릭이 펼친 방어막은 프레스에 짓눌린 것처럼 찌그러들고 있었다.

타카코의 공격은 시간이 갈수록 더 빠르고 강력해졌다. 누적된 압력은 방어막이 원상태로 회복되는 것을 방해했다.

싸움의 우열은 명백했다.

멜리사 일행은 계속해서 뒤로 밀렸고, 프레드릭의 코에서 흘러나오는 핏물의 양도 많아졌다.

이대로 간다면 방어막이 붕괴되는 건 시간문제였다.

"괴… 물… 입니… 다, 멜리사."

프레드릭의 입술 새로 믿기지 않는다는 어투가 흘러나왔다.

멜리사도 고개를 끄덕였다.

"맞는 말이네만… 나는 저 산 것도 죽은 것도 아닌 마리오네트에게 이런 힘을 불어 넣은 자가 더 걱정되는구만."

근심스런 어조로 말을 받은 멜리사가 손바닥을 활짝 편 채 양손을 천천히 들어 올렸다.

하늘을 향한 그녀의 손바닥 중심에서 강렬한 스파크와 함께 이글거리는 빛의 덩어리가 솟아올랐다.

푸스스. 파파팟!

흰 빛을 띠고 있는 그것은 나뭇가지처럼 이리저리 갈라진 형태였고, 전체가 뱀처럼 매끄럽게 꿈틀거렸다.

그것의 형태는 누가 보아도 번개였다.

크기는 작았지만 보는 이들이 숨을 쉬기 힘들 정도로 압도적이면서 위험한 기세를 흘렸다.

멜리사는 손바닥을 내려다보며 씁쓸하게 중얼거렸다.

"오랜만이구나, 렉스(Rex fulminis:번개의 왕). 다시 너를 불러내는 날이 오게 될 줄이야……."

마치 생명을 가진 대상에게 건네는 듯 복잡한 감정이 가득 배어 있는 한마디였다.

그녀의 말을 알아듣기라도 한 것일까.

렉스라 불린 작은 번개가 한 번 꿈틀거리는가 싶더니 손바닥에서 튀어 올랐다. 그리고 찰나지간에 허공을 가로지르며 타카코를 향해 날아갔다.

파지지지직!

방원 수십 미터의 허공이 새하얗게 작렬하는 번개의

형상으로 가득 찼다.

허공을 메우며 거대한 용처럼 치달리던 번개가 한곳으로 모여들며 그 앞이 창처럼 뾰족해졌다.

파파파파파팟!

달빛을 받은 파도처럼 하얀 비늘을 전신에 두른 번개의 창이 타카코의 가슴으로 날아들었다.

그 속도는 보이는 그대로 번개였다.

스파크가 튀는가 싶더니 어느새 타카코의 가슴은 거대한 번개의 창에 관통당해 있었다.

그녀의 가공할 속도로도 번개의 창을 피하는 것은 불가능했던 모양이었다.

멜리사를 비롯한 일행의 입가에 미소가 떠올랐다.

번개의 창은 크기가 어린아이 머리통만 해서 그것에 꿰뚫린 타카코의 가슴은 거의 몸의 윤곽선만 남았을 정도였다.

내부 장기와 피는 흘러나오지 않았다.

몸을 관통할 때 번개의 힘이 그것들을 먼지로 만든 듯했다.

그녀가 어떤 존재든 저런 상처를 입고도 움직일 수 있을 리는 없는 것이다.

하지만 멜리사 일행은 곧 무언가 잘못되었다는 것을

깨달았다.

타카코는 쓰러지지 않았다. 고통스러운 기색도 보이지
않았다.

대신 그녀는 묵묵히 두 손을 들어 아직도 가슴을 관통
해 있는 번개의 창 허리를 부여잡았다.

일말의 불안이 깃든 눈으로 타카코를 응시하던 멜리사
는 그녀의 아름다운 얼굴에 스산한 미소가 떠오르는 것
을 볼 수 있었다.

그와 동시에 번개의 창이 미친 듯이 꿈틀거리며 스파
크를 튀겼다.

파지지지지직!

"흐으윽!"

멜리사도 고통스런 신음 소리와 함께 가슴을 부여잡고
비틀거렸다.

콜튼과 프레드릭은 놀라 멜리사를 부축하며 타카코를
돌아보았다.

번개의 창은 어느새 사라져 보이지 않았고, 타카코는
고개를 숙이고 무표정한 얼굴로 뻥 뚫린 가슴을 내려다
보고 있었다.

부글부글!

무언가 끓는 듯한 기묘한 소리가 장내에 울려 퍼졌다.

타카코를 보던 멜리사 일행의 얼굴이 경악으로 물들었다.

구멍이 났던 타카코의 가슴은 무서운 속도로 채워지고 있는 중이었다.

그녀의 뼈와 살이 재생되고 있었다.

제8장

멜리사 일행이 놀라 눈을 두어 번 깜박거렸을 때, 타카코의 재생은 끝이 났다.

　끔찍했던 상처는 온데간데없이 사라졌다. 그리고 번개에 의해 타버린 옷 덕분에 맨살 그대로인 그녀의 상체는 옥을 깎은 듯 흉터 하나 없이 매끄럽고 부드러웠다.

　상처를 입은 적이 있기나 한지 의심스러울 정도로 멀쩡한 모습이었다.

　어이가 없는지 턱이 빠질 것 같은 표정으로 콜톤이 중얼거렸다.

　"무시무시한 재생 속도로구나……."

프레드릭이 말을 받았다.

"망가진 신체를 저렇게 빠르게 복원하는 능력자는 처음 봐."

두 사람의 말을 들은 멜리사가 잔뜩 가라앉아 어둡게 느껴지는 목소리로 중얼거렸다.

"저런 세포 재생 속도라면 불멸이 멀지 않겠어. 세포가 부활하는 건지 생성되는 건지에 따라 문제가 조금 달라지겠지만… 하지만 믿어지지가 않아. 저 정도까지 불멸인자 연구를 진척시킨 자가 있었나……?"

세 사람의 눈에 처음으로 두려움의 기색이 떠올랐다.

불멸자들의 신화와 전설이 진실임을 알고 있는 그들에게 불멸은 꿈에서조차 이루고 싶은 이상임과 동시에 지극한 공포이기도 했다.

자신이 아닌 다른 사람이 불멸을 이룬다면, 그리고 그 불멸자가 구름 위가 아닌 현세의 신이 되고자 한다면…….

필멸자들에겐 복종 아니면 죽음, 이 둘 외엔 다른 선택지가 없기 때문이었다.

그래서 타카코가 보여준 '불멸에 근접한 것으로 보이는 흔적'은 그들에게 공포일 수밖에 없었다.

보통 사람들이 그들의 존재를 알게 된 후 느꼈던 공포

를 그들도 불멸자의 존재에서 똑같이, 아니, 더 강하게 느끼는 것이다.

그들은 불멸자가 어떤 존재인지 누구보다도 잘 아는 사람들이었으니까.

멜리사는 굳은 얼굴로 콜튼과 프레드릭을 돌아보며 말했다.

"오늘 싸움의 결과는 생각보다 조금 험해질 것 같네. 다들 마음을 다잡으시게."

"벌써 그러는 중입니다, 멜리사."

프레드릭이 턱에 맺힌 핏물을 스윽 닦으며 말을 받았다.

콜튼은 그저 웃으며 고개만 끄덕였다.

멜리사가 말을 이었다.

"다행히 저들은 완성된 존재가 아닐세. 그러니 기회가 있을 걸세."

세 사람은 입술을 지그시 물며 타카코를 쳐다보았다.

분명 예상치 못한 능력에 놀라고 당황했지만 그들의 가슴속에는 궁금증이 에베레스트산보다 커져 있었다.

타카코와 카즈야는 혈륜을 통해 만들어진 존재였다. 그들에게는 창조자가 있는 것이다.

그들을 창조한 자에 대한 세 사람의 궁금증은 놀람과

공포보다 훨씬 컸다.

그것을 풀기 위해서는 저들을 잡아야만 했다.

멜리사는 이를 악물며 다시 양손을 활짝 폈다.

방금 전보다 배는 더 굵고 환하게 빛나는 번개의 형상이 지지직거리는 소리와 함께 손바닥 위에 둥실 떠올랐다.

일그러졌던 돔 형상의 방어막이 여러 개 형성되며 두텁게 그들을 보호했다.

파지지지지직!

멜리사의 손을 떠난 번개는 어른 팔뚝만 한 굵기의 창으로 모습을 바꿨다. 그리고 수백 개로 나눠지며 무서운 속도로 허공을 가로질렀다.

콰우우우우! 콰콰쾅!

고막이 터질 것 같은 굉음과 함께 타카코가 있던 자리가 번개의 창으로 갈기갈기 찢겨 나갔다.

수십 그루의 나무가 먼지처럼 부서졌다. 지진을 만난 것처럼 땅이 갈라지고 뒤집히며 흙먼지가 산더미처럼 일어났다.

프레드릭도 질세라 번개가 타격한 자리의 공간을 비틀었다.

그와 함께 사방에서 수백 명의 타카코가 나타났다. 하

나를 제외한 나머지는 그녀의 잔상이었다.

번개와 공간 비틀기의 공격을 피해 움직이는 타카코의 속도가 너무 빨라서 나타나는 모습이었다.

수백 개의 번개 창은 하나도 적중되지 않았다. 공간 비틀기도 타격을 주지 못했다.

세 사람의 얼굴이 돌처럼 굳어졌다.

콜튼이 놀람에 가득한 목소리로 말했다.

"말도 안 돼! 어떻게 저럴 수가! 더 빨라졌어. 그사이 능력이 진화라도 했단 말인가?"

놀람이 장내를 휩쓸고 지나갔다. 그리고 더 큰 긴장이 세 사람을 사로잡았다.

어느 틈에 공격을 피한 타카코가 방어막의 바로 앞에 도착해 있었다.

그녀는 혼자가 아니었다.

오른손에 뒷목이 잡힌 카즈야가 축 늘어져 있었다.

무기력해 보이는 건 싸움이 벌어지기 전과 마찬가지였 지만 한 가지가 달랐다.

그는 기분이 무척 좋은 듯 세 사람을 보며 활짝 웃고 있었다.

몸도 못 가누는 청동거인의 미소에 세 사람은 영문을 알 수 없어 어리둥절해졌다.

순간, 타카코가 카즈야의 뒷머리를 부여잡고 들어 올리더니 해머를 휘두르듯 그의 몸으로 방어막을 내려쳤다.

쾅!

막대한 충격을 받은 방어막이 멜리사 일행의 코앞까지 찌그러들며 부서질 듯 뒤흔들렸다.

울컥!

프레드릭이 검은 핏덩이를 토하며 비틀거렸다. 얼마나 충격이 컸는지 그의 눈은 초점을 잃은 채 흔들거렸고, 안색은 석회를 바른 것처럼 하얗게 변해 있었다.

그가 정신을 차리기도 전에 타카코는 카즈야의 몸을 다시 들어 휘둘렀다.

멜리사도 입술을 깨물며 수십 개로 나뉜 번개의 창을 다시 한 번 소환했다.

파지지지지직!

방어막과 충돌하는 카즈야의 몸을 번개의 창이 강타했다.

쾅!

푸스스스스스스!

벼락 치는 굉음과 함께 창들은 폭우를 맞은 불길처럼 사그라졌다.

"크윽!"

"컥!"

"흡!"

폭발음과 함께 방어막이 산산조각 나며 허공 속으로 사라졌다. 뒤이어 바람의 칼날을 품은 거대한 충격파가 일행을 덮쳤다.

멜리사도 남은 힘을 모두 끌어내 다시 한 번 렉스를 불러냈다.

번개의 창이 충격파와 부딪쳤다.

쾅!

굉음과 함께 멜리사 일행은 거친 신음을 토하며 튕겨 나가 바닥을 데굴데굴 굴렀다.

프레드릭은 정신을 잃은 듯 눈을 감은 채 땅에 널브러졌고, 멜리사도 가슴을 부여잡으며 주저앉았다.

정신이 혼미한 듯 그녀의 몸은 쓰러질 듯 앞뒤로 흔들렸고, 눈과, 입에서 선홍빛의 핏물이 흘러내렸다.

초점이 살아 있는 사람은 콜튼밖에 없었다. 하지만 그도 피를 토하며 뒹구는 건 매한가지였다.

치유술로 몸을 치유하던 이혁은 조급해지려는 마음을 다잡기 위해 애를 썼다.

내기의 운용에 집중하고 있다고 해도 밖을 살피는 감

각을 완전히 꺼놓은 것은 아니어서 그는 멜리사 일행이
어떻게 싸우는지 심상으로 보고 있었다.

'위험해!'

멜리사 일행을 돕고 싶은 마음은 굴뚝같았지만 몸이
도와주지 않았다.

회복되는 속도가 마음을 따라오지 못하는 것이다.

타카코의 재생 능력이 그렇게 부러울 수가 없었다.

그때였다.

그의 머릿속으로 낯선 남자의 목소리가 들려왔다.

[도와주련?]

마치 음성변조기로 바꾼 목소리처럼 깊은 울림을 가진
목소리였다.

이혁은 숨을 삼켰다.

이런 상황에 텔레파시라니.

[누구냐?]

말을 던지며 조금이나마 회복된 감각을 극한까지 끌어
올렸지만 앞에서 싸우고 있는 사람들과 숲속의 짐승 외
에 사람의 기척은 느껴지지 않았다.

[말하는 싸가지하고는. 그 지경에 처하고도 기는 별로
죽지 않았군.]

머릿속의 음성은 천연덕스럽다싶을 만큼 덤덤한 말투

여서 이혁은 지금 주변이 어떤 상황인지 잠시 잊을 지경이었다.

그가 말을 이었다.

[질문 따위를 하고 있을 정도로 느긋한 상황은 아닌 것 같은데? 저 젊은 남녀는 카즈야와 타카코야. 지금까지 본 게 저들이 가진 능력의 전부라고 생각하면 엄청나게 큰 착각이야. 저승에 반쯤 발을 걸쳐 놓은 현인회의 세 떨거지로는 저들을 상대하지 못한다네. 이대로 두면 저들은 곧 카론의 배에 올라타 아케론을 건너게 될 거야.]

이혁은 반개했던 눈을 부릅떴다.

목소리의 주인은 그가 알지 못하는 것까지 알고 있었다.

이혁은 다른 것에도 주목했다.

근거리 텔레파시에 관해 독보적인 능력을 가지고 있는 멜리사가 낯선 목소리와 대화하는 그를 알아차린 기색이 아니었다.

낯선 목소리의 주인이 멜리사의 능력을 차단하고 있지 않다면 있을 수 없는 일이었다.

이혁은 깊게 숨을 들이마셨다.

치유술은 깨졌다.

더는 집중이 의미가 없었다.

[나를 어떻게 도울 수 있다는 거요?]

[컨디션을 원상복귀시켜 주겠다. 회천조화술을 펼친 것처럼 강력한 힘을 낼 수도 있게 해주지. 후유증이 남겠지만 폐인이 되지는 않을 거다.]

이혁의 안색이 변했다.

지금까지 그는 회천조화술을 아는 사람은 세상에 그와 얼굴을 모르는 사형뿐이라고 생각하며 살아왔다. 그런데 그 생각은 착각에 불과했다.

그는 자신도 모르게 물었다.

[당신… 누구요?]

[거 참, 아직도 질문 따위나 하고 있을 여유가 있네. 담이 크다고 해야 하나, 아니면 철이 덜 든 놈이라고 해야 하나.]

혀를 차듯 말한 목소리가 다시 이어졌다.

[궁금한 건 나중에 풀어. 지금 중요한 건 그게 아니니까. 마지막으로 묻겠다. 도와줄까?]

[조건은?]

[이제 말이 좀 되는군, 흐흐흐.]

낮게 웃은 목소리가 말을 이었다.

[나중에 내가 하는 부탁을 하나 들어주는 거다.]

[부탁?]

[네가 극심한 갈등에 빠진다거나 도저히 수행할 수 없는 괴상한 걸 부탁하지는 않을 테니 미리 겁먹을 필요는 없다.]

[약속할 수 있소?]

[물론. 내 부탁이 그런 것이라면 너는 거절해도 된다.]

이 정도 조건이라면 회복의 대가로는 파격적인 것이라고 할 수 있었다, 불안을 느낄 정도로.

그사이에 전투는 점점 격렬해지고 있었다.

이혁은 더 이상 망설일 필요를 느끼지 못했다.

[좋소.]

[눈을 감고 암왕경을 운기해라.]

이혁은 머리끝이 쭈뼛하게 곤두설 정도로 놀랐다.

암왕경은 흑암천관령과 삼대심공은 천강귀원, 초연물외, 섬뢰잠영공이 일정한 경지를 넘어설 때 얻을 수 있는 힘의 경지였다.

외부인은 절대로 알지 못하는 이것을 목소리의 주인이 알고 있다는 것이 이혁을 경악시켰다.

그는 진실로 그의 사문 무예에 대하여 모르는 것이 없는 것이다.

저벅저벅.

타카코는 표정 없는 얼굴로 멜리사를 향해 걸어왔다.

스르륵스르륵.

카즈야도 그녀에게 뒷목이 잡힌 채 함께 왔다.

몸으로 프레드릭의 방어막을 깨뜨렸는데도 그의 청동 빛 피부는 실금 하나 생기지 않았다.

오히려 상태가 호전된 듯 흐느적거리던 목과 상체에 힘이 깃들어 있었다.

그가 멜리사를 보며 입을 열었다.

"쓸데없는 저항은 하지 않았으면 좋겠군, 그럴 힘도 남아 있지 않겠지만."

멜리사 일행은 넋을 잃은 표정으로 카즈야를 보았다.

그의 말이 옳았다.

그들의 몸에는 한 톨의 힘도 남아 있지 않았다.

쓰러질 때 타카코가 그들의 몸에 건 싸이킥 바인딩 기술 때문이었다.

이 기법은 투명한 밧줄로 적의 몸을 묶은 후, 체력과 기력을 외부로 유출시키는 효과가 있었다. 그래서 오랜 시간 이 기법에 노출되면 폐인이 된다.

이 싸이킥 바인딩 기법은 타케시의 부하였던 다이스케의 주력 기법으로 타카코가 카피한 것이었다.

초상 능력 중 중상급에 속하는 기술이었지만 평소의 멜리사 일행이라면 절대 통하지 않았을 것이었다.

하지만 지금 그들은 저항할 상황이 되지 못하여 포박당할 수밖에 없었다.

카즈야가 말을 이었다.

"어차피 이제는 싸움의 결과가 정해졌다는 것을 알 테니 곱게 죽어주는 게 당신들이나 우리나 서로 편한 길이잖아."

흔들리던 멜리사의 눈에 초점이 돌아왔지만 기운을 잃은 탓인지 눈빛이 흐렸다.

그녀가 말했다.

"당신들은 어디의 누구신가? 죽더라도 궁금한 건 알았으면 좋겠네. 이 늙은이는 아까부터 그것이 너무나 궁금하구만."

카즈야가 히죽 웃으며 말을 받았다.

"당신이 현인회의 대모라 불리는 멜리사겠지? 사진에서 본 적이 있어. 질문에 대답해 줄까, 말까? 미안, 난 속이 좁은 남자라 곧 죽을 자들의 궁금증을 풀어줄 정도의 아량이 없거든."

그가 타카코를 돌아보았다. 그리고 끊어 치듯이 말했다.

"타카코, 살려두면 계속 방해가 될 자들이야. 전부 죽여 버려!"

타카코가 빙긋 웃으며 말을 받았다.

"어차피 살려둘 마음 없었어."

그녀의 두 눈이 유리구슬처럼 투명한 빛으로 물들었다.

멜리사 일행의 안색이 하얗게 변했다.

일행의 코앞에서 공간의 일부가 수직으로 갈라졌다. 그리고 그 사이로 수를 헤아리기조차 어려울 만큼 많은 바람의 칼날이 쉴 새 없이 튀어나왔다.

둥둥 뜬 채로 모여든 그것들은 서서히 한 방향으로 회전하며 소용돌이를 만들었다.

휘이이이이잉—

칼날이라고 했지만 곳곳에 상어의 이빨처럼 삐죽삐죽 튀어나온 그 형태는 톱날이라고 부르는 게 더 잘 어울릴 듯했다.

저항할 힘을 잃은 지금, 저 톱날에 썰린다면 피 모래가 되어 사라질 터였다.

멜리사 일행의 피를 말려 죽일 생각인지 소용돌이는 느린 속도로 범위를 넓혀갔다.

소용돌이의 생성 지점과 일행의 거리는 2미터도 채 되

지 않았다.

아무리 확장 속도가 느리다 해도 소용돌이의 경계선이 일행의 몸에 닿는 건 몇 초 걸리지 않을 터였다.

카즈야는 흥미로워하는 표정으로 멜리사 일행의 하얗게 질린 얼굴을 쳐다보았다.

반면 소용돌이를 만들어낸 당사자인 타카코는 멜리사에게서 눈을 떼고 이혁이 있는 곳으로 시선을 돌렸다.

멜리사 일행은 장애물이었기에 치우려 할 뿐, 큰 의미는 없었다. 게다가 곧 죽을 운명인 자들이었다. 타카코에게 그들은 더 이상 관심 가질 이유가 없는 존재였다.

이혁은 여전히 그 자리에서 눈을 반쯤 뜬 채 치유에 온 정신을 집중하고 있는 모습이었다.

고도의 집중 상태를 유지하고 있는 듯 그의 얼굴에서는 싸움터를 들여다보는 기색을 찾아볼 수 없었다.

손만 뻗으면 사로잡을 수 있을 만큼 완벽한 무방비 상태였다.

타카코의 입가에 만족스러운 미소가 떠올랐다.

그녀는 손에 잡고 있던 카즈야를 놓았다.

카즈야는 상체를 세우고 앉아 그녀를 바라보았다.

그의 상태는 처음보다 많이 나아져 보였다. 옆으로 쓰러지지도 않았고, 균형도 수월하게 잡았다.

타카코의 등을 바라보는 눈동자도 살아나고 있었다.

칼날을 품고 소용돌이치는 바람 소리를 들으며 그녀는 이혁을 향해 걸음을 옮겼다.

쿠쿠쿠쿠쿠쿠쿠쿠!

음산한 바람 소리는 갈수록 커졌다. 그에 비례해서 소름 끼치는 살기도 증폭되었다.

타카코는 칼날의 소용돌이를 완벽하게 유지하면서 이혁을 잡기 위해 움직일 수 있었다.

그녀에게 동시에 두 가지 일을 하는 건 어려운 일이 아니었다.

시술자의 의지와 상관없이 혈륜의 과정을 거칠 때 그녀의 정신은 여러 개의 구획으로 나뉘어졌다. 그리고 분리된 그녀의 정신 영역들은 완전히 독립적인 활동이 가능했다.

상대할 적이 더 이상 없었기에 그녀는 가속을 이용하지 않고 보통 사람처럼 걸었다. 그럼에도 거리가 얼마 되지 않았기에 그녀는 곧 그의 앞에 도착할 수 있었다.

이혁의 전신에서는 퀴퀴한 악취가 났다. 송골송골 솟아나는 땀방울의 색도 투명하지 않고 회색에 가까웠다.

몸에 쌓였던 노폐물이 배출되고 있음을 보여주는 증거였다.

그의 상태가 어떻든 타카코가 신경 쓸 일은 아니었다.

그녀의 손이 이혁의 머리카락을 와락 잡았다.

운기하던 상태라 이혁이 주화입마라는 치명상을 입을 수도 있는 행위였지만 그녀는 한순간도 망설이지 않았다.

무공을 익힌 무인이 주화입마에 걸린다고 그 자리에서 즉사하지는 않는다.

그녀는 살아 있는 이혁을 데리고 오라는 지시를 받았다. 그의 몸 상태가 어떻든 숨만 붙어 있으면 되는 것이다.

이혁의 머리카락을 움켜쥔 타카코의 얼굴에 묘한 기색이 떠올랐다.

무언가 이상한 듯 고개를 갸웃거리며 자신의 손을 바라보았다.

그녀의 눈에는 이혁의 머리카락을 잡고 있는 것이 분명히 보였다. 그러나 보이는 것과 달리 당연히 손에 느껴져야 할 감촉이 전해져 오지 않았다.

머리카락이 연결되어 있는 이혁의 몸무게도 느껴져야 하는데 그것도 없었다.

그녀의 얼굴이 돌처럼 딱딱하게 굳은 순간, 측면 공간이 주름이 잡히는 것처럼 일그러졌다. 그리고 그 안에서 손바닥 하나가 불쑥 튀어나와 타카코의 옆구리를 슬쩍 짚었다.

행동은 나비처럼 가볍고 날렵했지만 충격은 어마어마
했다.

그 손에 담긴 힘의 이름이 구겁천뢰탄이었기 때문이
다.

쾅!

굉음과 함께 옆구리에 막대한 타격을 입은 타카코의
몸이 십여 미터를 날아가 아름드리 거목과 충돌했다.

와지끈, 콰쾅, 쿠콰콰콰콰!

십여 그루의 나무를 수수깡처럼 부러뜨리며 날아가던
타카코의 몸이 허공에서 균형을 잡았다.

카즈야를 일격에 무력화시켰던 구겁천뢰탄이었지만 타
카코에게는 그 정도의 충격을 주지는 못한 듯했다.

그녀는 아무렇지도 않은 표정으로 옆구리를 한 번 쓰
다듬었다. 그것으로 타격의 반응을 끝낸 후 전장으로 되
돌아오기 위해 나무 기둥을 박찼다.

쐐애액!

공기가 찢어지는 날카로운 소리와 함께 그녀의 몸이
허공을 3미터쯤 가로질렀을 때 이혁이 허깨비처럼 그녀
의 등 뒤에서 모습을 드러냈다.

그의 무릎이 타카코의 허리를 찍어 누르고 강철 같은

두 손이 그녀의 머리를 잡아 반대 방향으로 확 비틀었다.

콰지직!

우드득!

무언가 부러지는 기괴한 소음이 연속적으로 울리며 허리가 직각으로 부러지고 머리가 180도 뒤로 돌아간 타카코의 두 눈이 그녀의 발뒤꿈치와 부딪쳤다.

이런 상황에서도 그녀의 두 눈에는 여전히 감정이 담겨 있지 않았다.

물론 이혁도 그녀가 놀라거나 두려움에 비명을 지를 거라는 망상은 눈곱만치도 하지 않았고.

그의 두 손은 아직도 타카코의 머리를 잡고 있었다. 여전히 허공에 뜬 채로 그의 손에 힘이 들어갔다.

우지직.

소름 끼치는 소리와 함께 타카코의 목 가죽이 길게 주욱 늘어났다. 하지만 그녀의 머리는 뽑히지 않았다.

혀를 빼어 문 타카코의 눈에 스산한 미소가 떠올랐다.

직각으로 부러졌던 그녀의 몸이 고무공처럼 튕기며 쭉 펴졌다. 그리고 누가 잡아당기기라도 하는 것처럼 몸이 머리에 주욱 따라 붙어 올라가며 늘어졌던 목이 단숨에 원상태로 회복되었다.

동시에 이혁이 있던 공간이 비틀리며 수평으로 분리되

었다.

프레드릭의 장기인 공간 비틀기를 그녀가 펼친 것이다. 하지만 기대했던 핏물은 흐르지 않았다.

이혁은 이미 그 자리를 벗어나 타카코의 등 뒤에서 그녀의 목에 환상혈조를 쑤셔 넣고 있었다. 그와 함께 그는 머릿속에 몇 마디의 말을 떠올렸다.

[멜리사, 제가 이것들을 끌고 가겠습니다. 절대로 따라오시면 안 됩니다!]

[…어떻게 회복이 된 겐가?]

멜리사는 어안이 벙벙하다는 어투로 물었다.

걷지도 못하던 이혁이 타카코를 위험에 몰아넣고 있는데 궁금하지 않을 수가 있겠는가.

[나중에 말씀드릴게요. 살기를 품고 몰려오는 자들이 더 있어요!]

이혁의 어조가 높아지며 속도도 빨라졌다.

환상혈조는 타카코의 목에 5센티미터도 채 박히지 못했다. 그녀는 앞으로 전진하며 몸을 돌려 이혁을 마주 보고 있었다.

이제 이혁이 쫓아가고 그녀는 뒤로 물러서며 서로를 노려보는 형국이 되었다.

멜리사의 음성이 이혁의 머릿속에서 다시 울렸다.

[처지가 정반대가 되었구만. 알았네.]

시간을 끌어봤자 부상당한 몸으로는 이혁에게 부담만 가중될 뿐이었다.

그것을 모를 리 없었기에 그녀는 결정을 내리자마자 프레드릭과 콜튼의 팔을 잡고 조금씩 뒤로 물러났다.

싸움터에서 어느 정도 거리를 둔 멜리사 일행은 이혁과 타카코의 전투를 보며 혀를 내둘렀다.

이혁과 타카코의 공수 전환은 눈으로 움직임을 따라잡는 게 불가능할 정도로 빨랐다.

거친 바람이 휘몰아치고 돌부리와 부러진 나뭇가지가 사방으로 날아다녀서 그들이 싸우고 있다는 것을 짐작할 뿐이었다.

스스스스스슷!

타카코가 물러나는 방향의 숲이 일직선으로 갈라졌다.

와지직, 콰작, 쾅!

그들이 치달리며 부딪친 나무와 바위들이 으깨진 두부처럼 터져 나갔다.

그 와중에도 환상혈조가 움직이며 만들어내는 수백 개의 선홍빛 곡선이 폭발하듯 허공을 수놓았다.

이혁의 눈앞에서 타카코의 뼈와 살은 잘 다진 고기처럼 저며지고 잘려 나갔다. 하지만 그녀는 멀쩡했다.

살과 뼈가 떨어져 나간 자리에 새로운 것들이 들어찼다.

그 속도는 갈수록 빨라져서 이제는 분리가 되자마자 그 자리가 메워졌다.

그것이 의미하는 바는 명백했다. 그녀의 능력은 무서운 속도로 진화하고 있었다.

그렇다고 타카코가 공세로 전환한 건 아니었다.

지금의 이혁은 몸이 정상일 때보다 더 빠르고 강했다, 진화하는 타카코조차 빈틈을 파고들지 못할 정도로.

이혁은 타카코의 몸에 끊임없이 환상혈조를 쑤셔 넣었다.

피가 튀며 그녀의 몸 곳곳에 커다란 상처가 입을 벌렸다. 하지만 그것은 눈을 깜박거리기도 전에 사라졌다.

그녀의 경이적인 상처 회복 속도 때문에 환상혈조는 큰 타격이 되지 못했다.

쉬쉬쉬쉬쉭!

그들이 지나간 뒤에는 뱀이 수풀 속을 기어 다닐 때 나는 소리가 났다.

더 이상 부서지고 깨지는 나무와 바위는 보이지 않았다.

그처럼 빠른 속도로 이동하면서 공수를 교환하는 와중

에도 그들은 장애물을 감지하고 회피했다. 나무는 부딪치지 않고 휘돌아 나갔고 큰 바위는 뛰어넘었다. 한 줄기 바람과도 같은, 거침없는 질주였다.

이혁은 자신이 다치기 전보다 더 빠르고 강해졌다는 것을 자각했다.

그뿐만 아니라 시간이 갈수록 더 빠르고 강해지고 있다는 것도 깨닫고 있었다.

그는 타카코처럼 진화하고 있었다.

'어떻게 이게 가능한지 모르겠지만… 그 사람 덕분이다.'

그를 치료해 준 정체불명의 노인은 상처만 낫게 한 것이 아니라 이혁의 잠재력까지 일깨웠다.

그럼에도 불구하고 그는 타카코를 제압하지 못했다. 아니, 상황은 점점 더 좋지 않은 방향으로 흘러갔다.

'빌어먹을!'

그의 눈에 타카코의 손톱이 영화 속 마녀의 그것처럼 길어지는 것이 들어왔다.

25센티미터까지 길어진 그 손톱들이 환상혈조의 궤적을 도중에 끊었다.

'어떤 놈이 이런 괴물 같은 여자를 만든 거냐! 환상혈조까지 카피했잖아! 나는 표절이 싫다고!'

이혁은 숨이 막히는 듯한 기분을 느꼈다.

타카코의 손톱은 분명히 환상혈조를 카피한 것이었다.

채채채채채채쳉!

숲속에 쇠붙이가 충돌할 때 나는 날카로운 소리가 길게 울려 퍼졌다.

타카코의 길어진 손톱에 찍힌 듯한 상처가 움푹움푹 났다. 하지만 그것들은 곧 사라졌고, 충돌이 십여 회 거듭되자 더는 손톱에 상처가 나지 않았다.

단지 붉은 선이 생겨났다가 사라질 뿐이었다.

타카코의 눈이 요사스런 빛을 발했다.

그녀와 눈이 마주친 이혁은 위기를 느꼈다.

아직 몰아붙이고 있는 건 그였다. 하지만 이런 상황이 오래 지속되지 않으리라는 것을 직감했다.

돌파구를 찾아야 했다.

'지금이라면 그것들을 펼치는 게 가능하지 않을까? 만약 지금 내가 느끼고 있는 이 감각이 사부님께서 말씀하셨던 필살의 감각이 맞다면⋯⋯.'

이혁은 이를 악물었다.

그는 '정체불명의 인물'을 만난 후 타카코와 싸우며 심령을 파고드는 미묘한 감각을 느끼고 있었다.

변한 것은 없었다.

여전히 그녀의 움직임은 빠르고 공세는 강력했으며, 재생 속도는 경이적이었고 능력 카피는 황당했다.

그녀는 철벽처럼 깨뜨릴 수 없을 것처럼 여겨졌다. 얼굴만 봐도 가슴에 바위를 얹어놓은 것처럼 답답했다. 하지만 미묘한 감각을 느낀 후부터는 마음이 달라졌다.

단지 감각만을 느낀 것을 뿐인데도 그는 타카코가 더 이상 답답하지 않았다. 철벽처럼 보이지도 않았다.

이건 보통 사람들이 이런 경우에 흔히 겪는, 힘든 현실을 도피하기 위한 착각이 아니었다.

그와 같은 고수에게 착각이란 건 말도 안 되는 것이니까.

그의 눈에서 별처럼 강렬한 빛이 뿜어져 나오며 두 손바닥이 환상혈조처럼 반투명해졌다.

제9장

이혁과 타카코가 보이지 않게 되자 멜리사 일행은 몸을 추슬렀다.

　이 자리를 벗어나 안전한 곳을 찾아야 했다.

　예측이 힘들 만큼 상황 변화가 급격해서 다친 몸으로는 적절한 대처를 할 수가 없었다.

　최대한 빨리 컨디션을 되찾아야 했다.

　멜리사 일행은 일어났다, 몸이 균형을 제대로 잡지 못하고 앞뒤로 흔들거렸지만.

　아직도 코에서 핏물이 비쳤고, 입에서는 쇳내음이 났다.

그들이 받은 내부의 상처가 얼마나 심각한지 알 수 있게 하는 흔적들이었다.

걸음을 옮기려는 세 사람의 귀에 고저가 없어 음산하게 들리는 사내의 굵은 목소리가 파고들었다.

"오는 건 자유지만 가는 건 그렇지 않아."

세 사람은 흠칫하며 옆을 돌아보았다.

십여 미터 떨어진 곳에서 청동거인 카즈야가 느릿하게 일어나 엉덩이의 먼지를 툭툭 털어내고 있었다.

동작에는 어색함이 없었다.

방금 전까지 몸도 가누지 못하는 중상을 입은 자라고 생각할 수 없는 몸짓이었다.

프레드릭은 탄식이 섞인 한숨을 내쉬며 중얼거렸다.

"저 녀석도 여자만큼이나 괴물인 듯싶군요, 멜리사."

멜리사도 고개를 끄덕이며 난처한 얼굴로 말을 받았다.

"그러게나 말일세. 참, 곤란한 상황이구만."

카즈야는 세 사람을 향해 걸어오며 어린아이 머리통만한 주먹을 들어 보였다.

그가 이를 드러내 보이며 말했다.

"금방 끝날 테니까 너무 무서워들 하지 말라구, 흐흐흐."

눈살을 찌푸린 채 묵묵히 카즈야를 지켜보던 콜튼이 입을 열었다.

"멜리사, 다행히 도움을 받을 수 있을 것 같습니다. 켄이 말했던 대로 접근하는 자들이 있습니다."

그의 말에 멜리사와 프레드릭의 안색이 조금 밝아졌다.

그들도 공터를 포위하며 다가서는 사람들의 기척을 알아차린 것이다.

숫자는 적지 않았다.

그들의 대화를 들은 카즈야가 비웃으며 말했다.

"기대를 깨뜨려서 미안하지만 그들은 너희를 도울 자들이 아니야."

말이 끝나기도 전에 공터는 칼과 검, 짧은 낫의 무기를 손에 든 백여 명의 사내로 가득 찼다.

전력을 다해 달려온 듯 그들의 온몸은 먼지로 뒤덮여 있었다.

카즈야는 그중 한 명을 향해 눈인사하며 말했다.

"야지마 회주께서 직접 오실 거라고는 생각도 못했소."

30 전후의 조각처럼 아름다운 청년, 제천회주 야지마 아키라는 작게 고개를 끄덕이는 것으로 인사를 받았다.

다른 사람들과는 달리 깨끗함을 유지하고 있는 그는 장내를 돌아보며 살짝 눈살을 찌푸렸다.

난장판이라는 단어가 어울리는 이곳에 그가 간절히 원하는 존재가 보이지 않았다.

야지마가 물었다.

"그자는?"

"타카코와 함께 있소."

카즈야의 심드렁한 대답을 들은 야지마가 무언가를 알아차린 듯 빙긋 웃었다.

"그자의 저항이 아직 끝나지 않았군."

카즈야도 싱긋 웃으며 말을 받았다.

"그렇긴 하지만 다른 사람에게 기회를 양보할 정도로 타카코의 마음이 넓지 않아서 유감이오."

야지마의 눈빛이 서늘해졌다.

그가 말했다.

"글쎄, 그녀의 마음이 넓은지 좁은지 알기 위해서라도 빨리 만나보고 싶군."

그는 더 이상 카즈야에게 말을 하지 않고 걸음을 옮겼다. 그가 향하는 방향은 이혁과 타카코가 싸우는 과정에서 만들어진 길이었다.

하지만 그는 두 걸음도 내딛지 못했다.

무언가에 발목을 잡히기라도 한 것처럼 움찔하며 고개를 돌려 콜튼을 보았다.

그와 눈이 마주친 콜튼이 싱긋 웃으며 입을 열었다.

"이름은 많이 들었네, 야지마 아키라 제천회주. 자네만큼 나도 내키지는 않네만 자리가 자리인 만큼 자네의 도움을 거절하지 않고 기꺼이 받겠네. 우리가 안전해질 때까지만 저 청동거인을 잡아두도록 하시게."

말이 끝남과 동시에 야지마의 눈동자가 초점을 잃으며 확 풀렸다.

콜튼이 멜리사에게 고개를 돌리며 말을 이었다.

"이제 가시면 됩니다."

멜리사가 고개를 끄덕였다.

"그러세."

프레드릭이 유쾌한 듯 웃으며 말했다.

"남아서 싸움을 볼 수 없는 게 유감일세. 꽤나 재미있었을 텐데……."

그들의 대화를 들은 카즈야의 안색이 음침해졌다.

어느새 그는 포위되어 있었다.

멜리사 일행에게 길을 내준 야지마와 그의 부하들이 무기를 곧추세운 채 그에게 다가서고 있었다.

카즈야는 어이가 없다는 표정으로 고개를 절레절레 저

었다.

그의 눈앞에서 멜리사 일행은 숲속으로 사라져 갔다.

그가 중얼거렸다.

"미쳤군."

하지만 야지마와 부하들은 그의 말을 알아들은 기색이
아니었다.

콜튼의 초상 능력인 정신 제어에 당한 후였기 때문이
다.

그들은 타카코처럼 콜튼의 정신 제어를 막을 능력을
갖고 있지 않은 자들이었다.

카즈야를 보며 야지마가 소리쳤다.

"저자를 죽여라!"

명령을 기다리고 있던 일백 명의 시노비가 기합 소리
하나 없이 카즈야를 향해 달려들었다.

거대한 살기의 폭풍이 숲을 휘감았다.

*　　　　*　　　　*

암왕사신류의 격투기법인 혈우팔법은 여덟 가지의 무
예로 이루어져 있다.

그중 서열 일이 위를 차지하고 있는 두 개의 초절기들

은 따로 암왕쌍절(暗王雙絕)이라고 불린다.

단혼절(斷魂絕)과 참혼절(斬魂絕)로 이루어진 암왕쌍절은 위력도 무시무시하지만 습득의 난이도 또한 끔찍할 정도로 어렵다.

혈우팔법의 여섯 절기인 흡룡와류폭, 구겁천뢰탄, 혈우호접몽, 야차회륜박, 환상혈조, 폭뢰경혼추는 단혼쌍절을 익히기 전 지나가며 익히는 무예일 뿐이라는 우스갯소리도 있을 정도다.

불과 하루 전까지 이혁도 암왕쌍절에 입문할 수 있는 단서에 접근조차 못했었다.

습득 난이도가 그처럼 극악한 것은 암왕쌍절이 두터운 내공과 더불어 수많은 실전 경험, 그리고 무엇보다도 절대적인 필살의 감각을 필요로 하기 때문이다.

암왕사신류에서 말하는 필살의 감각은 도가나 불가에서 말하는 깨달음과 비슷해서 평생 동안 고련해도 단서조차 얻기 힘든 것이었다.

이것 때문에 습득 난이도가 급상승할 수밖에 없었다. 하지만 만약 그것을 얻을 수만 있다면…….

사부는 이혁에게 혈우팔법을 전수하며 필살의 감각에 대해서 이렇게 말했었다.

"만약 네가 그것을 얻는다면 진정한 암왕이 어떤 존재인지 엿볼 수 있게 될 것이다."

혈우팔법 중 서열 이위이자 암왕쌍절의 두 번째 자리를 차지하고 있는 초절기의 이름은 단혼절(斷魂絕) 수라염왕인(修羅閻王印)이라고 한다.

이혁의 손바닥이 반투명해지는 것을 본 타카코의 얼굴에 경계의 기색이 떠올랐다.

싸우는 동안 한 번도 드러낸 적이 없던 기색이었다.

그녀는 뒤로 물러서며 이혁을 뿌리치려 했다. 전력을 다한 듯 지금까지보다 배는 더 빠른 속도였다. 하지만 그의 속도 또한 그녀에 뒤지지 않았다.

그는 마치 자석에 붙은 쇳가루처럼 그녀와 1미터의 거리를 유지했다.

두 사람의 발은 허공에 떠 있었다.

충돌할 때 발생하는 강력한 기파가 발판 역할을 하며 그들을 떠받치고 있는 것이다.

그렇게 허공을 가로지르며 이혁은 두 손을 쭉 뻗었다.

환상혈조는 언제 거두었는지 보이지 않고 반투명한 손바닥만이 타카코의 머리를 향해 미끄러졌다.

그녀는 미친 듯이 허공을 차며 뒤로 물러섰다.

그 속도는 가공할 정도로 빨라서 순간적으로 둘의 거리는 십여 미터로 벌어졌다.

공격을 피하기에 충분한 거리였다.

찰나 두 사람 사이에 거대한 톱니바퀴가 달린 칼날의 바람이 두 개나 나타났다.

두 겹을 이룬 그 소용돌이는 중심에 타카코를 두고 무서운 기세로 회전하며 사방을 할퀴었다.

후우우우우웅!

바람의 칼날에 찢긴 이혁의 전신에서 시뻘건 핏물이 확하며 사방으로 튀었다.

스치기만 해도 이런데 타카코를 잡겠다고 칼날의 소용돌이 속으로 들어갔다가는 잘 다진 고기처럼 될 것이 분명했다.

당연히 이혁의 전진도 멈췄다. 그러나 소용돌이 속에 있는 타카코의 얼굴에는 경계심을 넘어 두려움을 느끼는 듯한 기색까지 떠올라 있었다.

칼날의 소용돌이 안쪽에서 환상처럼 나타난 돔 형태의 방어막이 그녀의 몸을 단숨에 덮었다.

멜리사의 일행인 프레드릭의 장기를 펼친 것이다. 하지만 그것의 효과는 그리 만족스럽지 않았다.

다음 순간.

쾅!

"크아아악!"

하늘이 무너지는 듯한 굉음과 함께 처절한 비명이 터져 나왔다.

한 번도 들은 적이 없는, 기괴하고 날카로운 여자의 비명 소리는 타카코의 것이었다.

바람 칼날의 소용돌이와 방어막이 씻은 듯 사라지며 그녀의 모습이 나타났다.

그녀는 발에 못이 박힌 것처럼 제자리에 서 있었다.

어깨만 움찔거릴 뿐 한 걸음도 움직이지 못하는 그녀의 온몸이 사시나무 떨듯 부들부들 떨렸다.

"이게… 뭐……?"

이해할 수 없다는 눈빛으로 묻는 그녀의 입에서 타르를 닮은 시커먼 핏덩이가 꾸역꾸역 흘러나왔다.

털썩.

그녀는 더 이상 버티지 못하겠다는 듯 그 자리에 무릎을 꿇었다.

곁에서 볼 때 상처는 보이지 않았다.

내부가 상한 듯한데 그녀는 자신의 재생 능력으로 회복되지 않는 걸 이해할 수 없었다.

"후우……."

쓰러질 듯 비틀거리며 이혁은 길게 한숨을 내쉬었다.

힘겹게 몸의 균형을 잡는 그의 얼굴은 창백했고 입가에는 핏물이 흘렀다.

단혼절 수라염왕인을 펼치기 위해 순간적으로 쏟아낸 내력은 엄청난 것이었다.

정체불명의 노인이 일깨워 준 기운의 바닥까지 긁어서 퍼부은 터라 그의 단전은 회복 전의 상태로 되돌아갔다.

그는 잠시 눈을 감고 짧게 운기를 해서 몸 안에 쌓인 탁기를 밖으로 배출했다.

적을 앞에 두고 하기에는 너무도 위험천만한 행동이었지만 선택의 여지가 없었다.

그렇게 하지 않으면 그는 손끝 하나조차도 움직일 수 없었으니까.

그가 무방비상태로 운기하고 있는데도 타카코는 공격하지 않았다.

그럴 수가 없었다.

지금의 그녀는 몸 안에서 끝없이 자신을 공격하는 공포스러운 기운과 싸우는 것만으로도 벅찬 상황이었으니까.

타카코의 오른쪽 어깨 일부가 가루가 되어 바람에 날아갔다. 허연 뼈와 근육이 드러났다.

살은 부글거리며 재생을 시작했지만 그 속도는 전과 비교할 수 없을 정도로 느려서 그녀의 몸은 점점 더 많이 부서져 내렸다.

타카코의 얼굴에 혼란과 당황, 그리고 두려움과 다급해 하는 기색이 어지럽게 떠올랐다.

이혁이 눈을 떴다.

타카코의 상태를 본 그는 그녀를 공격하는 대신 망설이지 않고 몸을 날렸다.

운기해서 회복한 기운은 몸을 움직일 수 있을 정도일 뿐 타카코를 공격할 정도는 되지 못했다.

다시 싸울 정도가 되려면 정식으로 운기를 해야 했다, 그리고 지금은 그럴 수 있는 상황이 아니었고.

게다가 그는 자신이 펼친 수라염왕인이 완성된 것이 아니라는 것을 누구보다도 잘 알았다.

암왕사신류에서 말하는 필살의 감각과 그것을 품은 수라염왕인의 이치는 일반적인 무예의 차원을 벗어난 것이었다.

적이 약하면 즉사로 끝나지만 강하다면 염왕인은 적의 몸 안에서 그가 죽음에 이를 때까지 생명력을 갉아먹고 생기를 끊어냈다.

마치 살아 있는 생물처럼 움직였다.

그것은 지금 타카코의 몸 안에서 그녀의 재생 시스템을 파괴하고 있었다. 그래서 그녀가 몸을 회복하지 못하는 것이다.

하지만 이혁의 성취가 이제 막 입문 단계에 불과했기 때문에 염왕인이 본래 가진 위력을 전부 발휘하지 못했다.

그래서 그는 염왕인이 타카코를 동작 불능 상태로 만들기는 했지만 완전히 죽일 수 있을 거라 확신할 수 없었던 것이다.

지금 타카코가 회복되면 그에게 다시는 기회가 주어지지 않을 게 뻔했다.

살아 있으면 나중에 기회는 얼마든지 만들 수 있다.

지금은 자리를 피해야 하는 때였다.

*　　　　*　　　　*

아직 살갗에 닿는 오후의 햇살은 뜨거웠지만 열린 차창으로 불어 들어오는 바람은 확연히 선선하게 변하고 있었다.

귓가를 휘돌아 머리카락을 흔들어놓고 도망치는 바람은 계절이 가을의 초입으로 들어섰다고 속삭이는 듯했다.

평일인데다 고속도로가 아닌 국도인 터라 정선으로 가는 길은 차가 많지 않았다.

부와와아아아앙!

귀청이 떨어질 듯한 배기음과 함께 회색의 벤틀리 한 대가 국도 끝에 모습을 드러내는가 싶더니 총알처럼 달려와 반대편으로 멀어져 갔다.

간혹 보이는 차들이 광란의 질주를 하는 벤틀리에 놀라 도로변으로 급하게 핸들을 꺾었다.

벤틀리의 속도는 200킬로미터가 넘었다.

정선으로 향하는 국도는 왕복 2차선에 굽이굽이 꺾이는 길이 많아서 이런 속도를 유지하는 건 카레이서라 해도 쉽지 않은 일이었다.

위험천만해 보이는 주행이었지만 벤틀리의 속도는 줄어들 기미가 보이지 않았다.

차에 타고 있는 두 사람, 백금발의 청년과 사토는 열어놓은 창문으로 불어 들어오는 바람을 맞으며 여유 있는 표정으로 밖의 풍경을 구경하고 있었다.

운전석에 앉은 사람은 물론 사토였다.

그는 한 손으로 운전대를 잡고 연이어 꺾어지는 길을 만나도 속도를 늦추지 않았다. 그러기는커녕 오히려 액셀을 더 힘차게 밟아댔다.

부와와아아앙!

끼이이익—

직각에 가까운 길을 꺾어 도는 벤틀리의 바퀴에서 허연 연기가 피어올랐다.

금방이라도 차가 뒤집힐 것처럼 위태로워 보이는 운행이었다. 하지만 사토는 속도를 줄일 기미를 보이지 않았고, 뒷자리에 앉은 백금발 청년도 여전히 여유로운 표정이었다.

창밖의 풍경을 물끄러미 바라보며 생각에 잠겨 있던 그가 불쑥 입을 열었다.

"사토, 어떻게 그런 일이 벌어질 수 있었던 걸까?"

"……."

사토는 입을 열지 못하고 침묵했다.

평소의 그라면 있을 수 없는 일이었다. 그러나 이번에는 어쩔 수 없었다.

지금 일어나고 있는 일의 메커니즘을 전혀 이해하지 못하고 있었기 때문이다.

사토에게서 대답을 들을 수 있을 거라는 기대를 하지 않은 듯 백금발 청년은 곧바로 말을 이었다.

"이혁은 힘을 회복했을 뿐만 아니라 타카코를 쓰러뜨리고 도주했다. 현인회의 노괴물들이 벌어준 시간은 몇 분 되지도 않았다. 상처를 회복하기에는 턱없이 부족한 시간. 그의 본래 능력으로는 가능하지 않은 일이야."

말을 이을수록 의혹이 증폭되었다.

"타카코의 재생 시스템도 내가 알던 것보다 배는 뛰어난 것이다. 그리고 이틀은 걸려야 나을 정도로 중상을 입었던 카즈야는 채 몇 시간도 되지 않아 컨디션을 완벽하게 회복했다. 이상하지 않나……."

그의 중얼거림에는 깊은 의혹과 경계심, 그리고 분노와 살기가 깊게 가라앉아 있었다.

그는 말을 계속했다.

"게다가 타카코와 일정 거리를 두고 있어야 했던 제천회주 야지마 아키라와 시노비 일백이 마치 타이밍을 맞추기라도 하듯 제때에 나타났어. 그러고는 카즈야를 막아서 이혁과 현인회의 노괴물들이 피할 수 있는 시간까지 벌어주었다."

흑백이 너무 뚜렷해서 유리알을 연상시키는 그의 눈동자가 투명한 빛을 발했다.

"야지마와 시노비들은 카즈야를 가로막고 같이 죽는 길을 택했다. 현인회 노괴물 중 한 명의 정신 제어에 당한 것이지만 그것만으로는 충분한 설명이 되지 않아. 시노비들은 몰라도 야지마는 그런 정신 제어에 당할 정도로 어수룩한 자가 아니었으니까……."

그는 머리를 헤드레스트에 묻었다.

"…분명히 누군가가 개입했다!"

백금발 청년의 목소리에서 광포한 울림이 묻어났다.

등 뒤에서 일어나는 거대한 살기에 사토의 안색이 백납처럼 창백해졌다.

그럴 리 없다는 것을 알면서도 머리부터 발끝까지 갈기갈기 찢겨 나가는 듯한 두려움에 전신의 세포가 알알이 곤두섰다.

숨을 쉬기도 힘들 정도의 살기였다.

사토는 깊이 숨을 들이마셨다.

오랜만에 겪는 대살기에 몸이 많이 놀랐지만 아주 낯선 기운은 아닌 터라 심신은 곧 정상화되었다. 하지만 차 밖의 사정은 달랐다.

국도 주변의 나무와 풀들이 누렇게 죽어가는 것이 눈에 들어왔다.

차가 지나간 자리에 말라죽은 풀과 나뭇잎이 수북하게 쌓이고 있었다.

그는 시선을 돌려 백미러를 통해 뒷자리를 살폈다.

거울 속의 백금발 청년은 적막에 젖은 듯한 얼굴로 창밖을 볼 뿐이었다.

차 안을 가득 채운 후 밖으로 번져 국도까지 공포로 물들인 대살기의 주인이라는 것이 믿기지 않을 정도로 그의 얼굴은 평온해 보였다.

사토는 조심스러운 표정으로 입을 열었다.

"10분 안에 타카코가 카즈야의 잔해와 아키라의 시신을 가지고 숨어 있는 곳에 도착합니다. 그럼 그들에게서 단서를 찾을 수 있을 것입니다, 주인님."

청년은 말없이 고개를 끄덕였다.

깊게 가라앉은 그의 두 눈은 설명하기 어려운 묘한 기색이 물안개처럼 자욱하게 깔려 있었다.

'타카코가 전송한 화면에 의심할 만한 자는 보이지 않았다. 그렇지만 분명 개입한 자가 있다. 그럼에도 녹화된 것이 없다는 건 타카코가 그자를 인지하지 못했다는 걸 의미하지.'

그의 미간에 희미한 주름이 잡혔다.

'이 세계에 타카코의 눈을 피해 이런 일을 벌일 만한 능력자가 남아 있었던가?'

그의 상념은 끝없이 이어졌다.

✽   ✽   ✽

눈을 반쯤 뜬 채 가부좌를 틀고 바위처럼 꼼짝도 하지 않던 이혁의 눈꺼풀이 꿈틀거리며 위로 천천히 올라갔다.

번갯불 같은 빛을 발하는 눈동자가 드러났다.

동굴의 입구를 가려놓았던 나뭇가지 사이로 밝은 햇살이 스며들어 와 얼굴을 간질이는 것이 느껴졌다.

그가 있는 곳은 깊이 5미터가량 되는 동굴이었다. 공간이 크지는 않았지만 한 사람이 머물기에는 부족함이 없었다.

'두 시간이 지났군.'

이혁이 암왕경에 도달하면서 생긴 여러 능력 중 하나가 시간을 감지하는 것이었다.

시간을 감지하는 그의 신체 능력은 디지털시계에 버금갈 정도로 정확했다.

다시 눈을 감고 내부를 관조한 이혁은 자신이 그동안 입은 상처에서 완전하게 회복된 것을 확인할 수 있었다.

타카코와 싸우던 곳에서 십여 킬로미터 떨어진 이곳에 도착한 후 두 시간 동안 생사회혼술로 상처를 치유한 결과였다.

'수라염왕인을 펼친 건 그 노인이 격발시켜 준 잠력 덕분이라 그것이 사라지면 평소의 능력으로 돌아갈 거라고 생각했었는데 그게 아니었다. 암왕경이 한 단계 이상

업그레이드되었어.'

그는 조금 멍한 얼굴로 천장을 올려다보았다.

어느 분야든 최고의 경지에 이르면 작은 진보를 이루는 것도 쉽지 않아진다.

이혁도 마찬가지여서 암왕경이라는 암왕사신류의 최고 경지에 발을 디딘 후로 무예의 성장 속도가 급격하게 저하되어서 제자리를 답보하고 있었다.

그런 상태가 이번에 깨졌다, 그것도 아주 크게.

한 걸음도 아니고 단계 하나가 달라질 정도의 진보를 이룬 것이다.

기연이라고 불러도 어색하지 않은 성취였다.

'아무래도 그때 잡았던 필살의 감각 덕분인 듯하다. 좀 더 깊게 파고들 시간이 있었으면 좋겠는데… 여유가 없는 게 아쉽구나. 후우……'

절로 한숨이 흘러 나왔다.

속으로 중얼거린 것처럼 연공할 시간이 부족하다는 게 정말 아쉬웠다.

이러니저러니 해도 그는 사문의 무예에 인생을 건 무인이었다.

무인에게 무예를 성장시킬 시기는 목숨처럼 소중한 것이었다. 그런데 지금은 그 시기를 뒤로 미룰 수밖에 없는 상황이었다. 그러니 어떻게 아쉽지 않을 수 있을까.

이혁은 무영경의 절기 중 하나인 와룡천망의 기막을 넓게 펼쳤다.

인근 5백 미터 이내에서 움직이는 모든 생물의 기척이 잡혔다. 그중에 그를 위협할 만한 것은 없었다.

팔짱을 낀 이혁은 눈살을 찌푸렸다.

머릿속이 실타래처럼 헝클어졌다.

'이면에 깔려 있는 속사정이 간단한 것 같지가 않다. 단순히 가네무라가 가지고 있는 것으로 의심되는 초인 연구 자료 때문만은 아닌 것 같아. 그렇게 보기엔 의심스러운 점이 너무 많다.'

시작은 그가 했지만 지금 벌어지고 있는 일은 예상을 한참이나 뛰어넘고 있었다.

생각이 자신을 구해준(?) 정체불명의 노인에 이르자 빛나던 눈에 바위처럼 묵직한 기색이 어렸다.

'그 노인은 누굴까? 그는 내가 익히고 있는 무예를 손바닥 보듯이 알고 있었다. 혹시 사형? 말이 안 돼. 돌아가신 스승님도 그렇게 다친 나를 단숨에 회복시킬 능력은 갖고 계시지 않았다. 그런 게 있었다면 내게도 가르쳐 주셨을 거야. 그럼 누구지?'

너무 생각이 깊어져서인지 머리가 아팠다.

'생각은 나중에. 일단은 정보부터 얻어야 해. 뭐가 어떻게 돌아가고 있는지 알아야 대응을 할 수 있다.'

싸우는 와중에 테일러가 만들어준 휴대폰은 박살이 났다. 외부와 연락하려면 통신수단을 확보해야 했다.

와룡천망의 기막에 움직이는 사람의 기척이 잡혔다.

거리는 5백 미터.

사람 수는 셋이었다.

그는 자리에서 일어났다.

계획보다 엄청나게 복잡해지긴 했지만 어쨌든 지금의 판을 만든 사람은 그였다.

그는 불멸자에 관련된 것이라면 세상에 남겨둘 생각이 눈곱만치도 없었다. 그러기 위해서는 가네무라든 그가 가진 연구 자료든 그것이 다른 자의 손에 넘어가도록 방치해서는 안 되는 것이다.

통신 수단은 생각보다 쉽게 손에 넣을 수 있었다.

기막에 잡힌 세 사람은 등산을 하는 40대 남자들이었다.

이혁은 그중 한 명의 휴대폰을 잠시 빌렸다. 물론 정식으로 주인에게 양해를 구하고 빌린 건 아니었다.

모습을 드러낼 수는 없었으니까.

맨 뒤에서 걷던 등산객은 자신의 그림자 속에 사람이

숨어들었다고는 상상도 하지 못했을 것이다. 그저 바람이 스쳐 지나간다고만 생각했으리라.

조끼 안에 넣어 둔 자신의 구형 피처폰이 사라진 것도 알아차리지 못했다.

쉴 때가 되어서야 핸드폰이 없어진 걸 알 수 있을 것이다.

이혁은 휴대폰을 손에 넣은 후 그에게 감사와 미안함이 담긴 목례를 한번 했다.

두 번의 신호가 가기도 전에 상대가 전화를 받았다.

[보스! 어디십니까?]

잔뜩 흥분한 테일러의 목소리가 귀를 파고들었다.

이혁은 한마디도 하지 않았지만 테일러는 전화한 사람이 이혁이라는 걸 확신하는 듯했다.

그건 당연했다.

이혁이 건 전화번호는 테일러와 그만의 직통회선이었으니까.

"강원도 어디쯤. 정확한 지점은 모르겠다."

이혁은 덤덤한 어조로 말을 이었다.

"이거 보안은 괜찮아?"

[조치가 되어 있습니다. NSA도 감청은 못합니다. 별일 없으신 거죠?]

테일러의 대답은 여전히 톤이 높았다.

이혁은 피식 웃으며 대답했다.

"별일 있었으면 전화나 할 수 있었겠나. 재밌어 할 만한 것들이 있긴 하지만 시간 없어. 얘기는 나중에 하자고."

테일러가 그제야 흥분이 좀 가신 목소리로 말을 받았다.

[다행입니다. 성북동에서 벌어진 일을 듣고 다들 가슴 졸이고 있었습니다. 어디십니까? 사람이 필요하신 상황은 아닙니까? 리마와 레나가 보스의 흔적을 따라 이동 중입니다. 그들은 보스와 가까운 곳에 있을 겁니다.]

"안 돼. 나와 일정한 거리를 유지하라고 전해. 지금 나와 접촉하는 건 위험해. 그들뿐만 아니라 모두에게 해당되는 말이야. 나도 승부를 장담하기 어려운 강자들이 속출하고 있어."

이혁의 음성은 단호했다.

이럴 때 그와 다른 의견을 말하면 벼락이 떨어진다.

[그렇게 조치하겠습니다, 보스.]

"상황이 어떻게 돌아가고 있는지 알고 있는 대로 말해 줘. 지금 내게 필요한 건 사람이 아니라 정보야."

[알겠습니다, 보스.]

테일러의 보고는 십여 분간 이어졌다.

[마지막으로 드릴 말씀이 있습니다.]

"해."

[마스터 크리스티나가 정선으로 가고 있습니다.]

이혁은 눈살을 찌푸렸다.

"그 아줌마도?"

[예, 에이단이 연락해 왔습니다. 보스를 보고 싶어 한다더군요.]

"하긴… 만나자고 한 날이 많이 지나긴 했지. 오히려 잘됐다. 내 위치는 파악했지?"

[예.]

테일러는 이혁과의 대화를 시작한 지 얼마 지나지 않아 그의 위치를 파악한 상태였다.

"내게도 사진 전송하고, 그 아줌마한테 위치 알려줘. 만나야겠다."

[알겠습니다, 보스.]

테일러가 말을 이었다.

[조심하십시오, 보스. 크게 다치시기라도 하면 리마가 얼마나 난리를 칠지 잘 아시잖습니까? 거기에 레나도 함께 있다는 걸 잊지 마십시오.]

"쩝… 알았다. 조심하지."

혀를 차며 전화를 끊은 이혁은 핸드폰의 화면을 보았다. 테일러가 보낸 사진이 떠 있었다.

지도상의 눈에 띠는 붉은 점 하나는 그가 있는 지점을 의미했다.

지도를 확인한 그는 손에 힘을 주었다.

콰직!

손바닥을 펴자 먼지로 변한 핸드폰이 손가락 사이로 흘러내렸다.

제10장

정오를 지난 태양이 조금씩 서쪽으로 기울기를 더해가는 시간.

　정선으로 접어드는 길을 달리던 검은색 대형 승용차의 뒷좌석 창문이 소리 없이 내려갔다.

　등 중간 어림까지 내려온 긴 백발과 가슴까지 드리워진 흰 수염이 인상적인 노인의 얼굴이 드러났다.

　고풍스런 중국식 장포를 입고 있는 그는 피부가 아이처럼 맑았고 이마와 입가에 주름이 하나도 없었다.

　풍기는 분위기까지 이 세상의 것 같지가 않아 신선을 연상시켰다. 하지만 커다란 검은 선글라스가 코 윗부분을 다 가리고 있어서 생김새 전부를 알 수는 없었다.

만약 선글라스가 가리지 않았다면 핏물에 담갔다가 꺼낸 것처럼 시뻘건 색으로 꽉 찬 눈동자를 볼 수 있었을 것이다.

그는 당대의 앙천을 이끌고 있는 혈안마제 적천휴였다.

선글라스 아래 드러난 그의 입매는 딱딱하게 굳어 있었다.

그는 동남쪽을 바라보며 중얼거렸다.

"무시무시한 살기로군. 내가 알고 있는 이 세계의 강자 중에 이런 류의 살기를 갖고 있는 사람이 있었던가……. 누굴까?"

하늘이 무너져도 눈썹 하나 까닥하지 않으리라는 평을 들을 만큼 담대한 그답지 않게 음성에서는 놀람과 경계의 기색이 짙게 느껴졌다.

그가 말을 이었다.

"어쨌든 곧 만나게 되겠지. 이곳으로 오는 목적이야 나와 다르지 않을 테니."

잠시 후 유리창이 다시 위로 올라가며 그의 모습은 보이지 않게 되었다.

　　　　*　　　　　*　　　　　*

　백금발 청년은 산보하듯 계곡 하나를 건너뛰었다.

　그의 앞을 막아섰던 아름드리 거목들은 증발이라도 하는 것처럼 사라지며 길을 만들었다. 그가 지나간 자리엔 소복하게 쌓인 가루만 남았다.

　청년이 진행하는 방향으로 불도저로 밀어버린 것처럼 폭 1미터가량의 반듯한 길이 끊임없이 생겨났다.

　그의 앞을 가로막은 바위와 나무, 수풀들은 예외 없이 한 줌의 가루로 변했다.

　"후욱… 후욱……."

　청년의 뒤에서 거친 숨소리가 났다.

　사토의 것이었다.

　그는 입에서 단내가 나도록 전력을 다해서야 청년과 어느 정도 보조를 맞출 수 있었다.

　승용차로는 더 이상 전진할 수 없는 지점부터 달려온 지 십여 분, 그들은 태백산맥의 줄기인 내지산맥 깊숙한 곳으로 들어섰다.

　쉼 없이 달리던 청년의 앞에 나무가 울창한 계곡이 나타났다.

　그리 깊지 않은 계곡이라 그는 두어 걸음만으로 끝에

도달했다.

그는 걸음을 멈췄다.

계곡의 끝은 어른 팔뚝만 한 굵기의 넝쿨들이 뒤엉켜
있는 절벽이었다.

푸스스스.

그가 발을 멈추자마자 넝쿨들이 먼지가 되어 흘러내리
며 가려져 있던 동굴이 드러났다.

지면에서 1미터 정도 높이에 자리 잡은 동굴은 깊이가
2미터도 채 되지 않아서 안에 있는 타카코가 보였다.

걸레처럼 너덜너덜한 옷이 숏팬츠처럼 그녀의 아랫도
리만 간신히 가리고 있었다. 그래서 대리석처럼 매끄럽
고 굴곡진 몸매가 다 드러났다.

그녀는 눈을 꼭 감은 채 동굴 끝의 벽에 기대 앉아 있
었다. 그리고 그녀의 옆에는 동산처럼 쌓인 살과 뼈의 덩
어리와 한 손에 고풍스런 일본도를 쥐고 있는 대단한 미
남의 시신도 보였다.

진한 청동빛을 띠고 있는 그 덩어리와 칼을 쥔 미남이
누구인지 짐작하는 건 어렵지 않은 일이었다.

그들은 카즈야와 제천회주 야지마 아키라의 시체였다.

타카코의 모습은 그로테스크했다.

그녀의 몸 곳곳은 퍽 소리와 함께 먼지가 되었다가 부

글거리며 새살과 뼈로 채워졌다.

머리의 일부, 눈, 어깨, 가슴, 쇄골, 엉덩이, 무릎, 정강이.

파괴와 재생이 반복되고 있었다.

백금발 청년이 입을 열었다.

"타카코."

퍽.

왼쪽 눈이 터지듯 부서져 나간 타카코가 남아 있는 오른쪽 눈을 떴다.

여전히 감정은 한 조각도 담겨 있지 않은 무심한 눈동자였다.

퍽.

왼쪽 정강이가 부서져 나가 균형을 잃은 그녀가 비틀거리며 자세를 바로 했다. 그 짧은 사이에 그녀의 정강이는 온전하게 재생되었다.

그녀는 무릎을 꿇고 이마를 땅에 댔다.

"주인님."

청년은 속을 짐작할 수 없는 눈빛으로 타카코를 바라보더니 말없이 손을 휘저었다.

형체를 볼 수 없는 강력한 기운이 공간을 접으며 날아가 타카코의 가슴을 후려쳤다.

쾅!

굉음과 함께 가슴 앞쪽 절반이 찰흙덩어리처럼 뭉개진 타카코가 동굴 끝에 거칠게 부딪쳤다가 떨어졌다.

털썩!

그녀는 여전히 표정 없는 얼굴로 일어나 무릎을 꿇었다. 그리고 무릎걸음으로 청년의 앞까지 다가와 다시 이마를 바닥에 댔다.

부서졌던 가슴은 그사이 완벽하게 재생되었다.

발밑에 엎드린 타카코의 뒷머리를 내려다보는 청년의 얼굴에 처음으로 감정이라고 할 수 있는 것이 떠올랐다.

그건 의혹과 어리둥절함이 뒤섞인 것이었다.

"황당할 정도로 놀랍군. 어떻게 이런 재생 시스템이 가능한 거지?"

그는 고개를 갸웃하며 중얼거렸다.

"타카코, 일어나라."

청년의 지시를 받은 타카코가 일어났다. 그는 손바닥으로 그녀의 매끄러운 가슴을 쓰다듬었다.

퍼석!

탐스러운 왼쪽 유방이 그의 손안에서 가루가 되었다.

청년이 힘을 주어서는 아니었다.

그건 타카코의 몸에서 활동하고 있는 수라염왕인의 힘

이었다. 그것은 멈춤 없이 파괴와 재생을 반복하고 있었다.

청년은 지그시 눈을 감았다.

그의 손바닥이 백열하듯 하얀빛에 휩싸였다. 눈을 부시게 만드는 흰빛은 수천 개의 반투명한 백색의 실로 변해 타카코의 몸 안으로 파고들었다.

감정이 깃들지 않은 눈으로 청년을 바라보고 있는 타카코의 얼굴 근육이 푸들거리는가 싶더니 곧 벼락이라도 맞은 사람처럼 덜덜덜 떨었다.

몇 분이 지났을까.

타카코의 몸이 부서지는 간격이 조금씩 길어졌다. 반면 재생의 속도는 여전히 빨랐다.

몸의 떨림도 조금씩 잦아들었다.

다시 몇 분이 더 지나자 타카코의 몸은 더 이상 파괴되지 않았다.

떨림도 멈췄다.

청년이 눈을 뜨며 타카코의 가슴에서 손을 뗐다.

"신기하군. 무예로 이런 공격이 가능할 거라고는 상상도 하지 못했어. 살아 있는 생물처럼 움직이는 파괴력이야."

"주인님, 그것도 암왕사신류의 무예입니까?"

사토의 질문에 청년은 고개를 끄덕였다.

"아마도… 예전에 흑룡회의 요인이 이것에 대해 말하는 것을 언뜻 들은 적이 있다. 아마도 이건 암왕류의 최종 비기 중 하나라는 수라염왕인일 것이다. 염왕인은 피격된 자의 몸 안에서 그자의 생명이 완전히 소멸될 때까지 공격하는 무예라고 들었다."

귀 기울여 듣고 있던 사토의 입이 쩍 벌어졌다.

"초상 능력도 아닌 무예로 그런 공격이 가능하단 말입니까?"

"그때는 나도 믿기지 않아서 웃어넘겼었는데… 그게 가능하다는 걸 오늘 똑똑히 확인하지 않았느냐."

"헐……."

사토의 탄성을 한 귀로 들으며 청년은 타카코의 몸을 아래위로 세심하게 훑어보았다.

"그런데 이 무예에 대한 이혁의 성취가 낮은 것 같다. 생각보다 소멸시키는 게 쉬웠다. 이 무예의 내재된 파괴 시스템은 이렇게 쉽게 깨지지 않을 듯했는데… 흠……."

그가 말을 이었다.

"놀랍긴 하지만 지금은 이혁의 공격 수법에 감탄할 때가 아니다. 염왕인으로도 파괴하지 못한 타카코의 재생 시스템을 살펴봐야 해. 이건 내가 혈륜을 통해 부여한 능력보다 몇 배는 더 뛰어나게 변화했다. 스스로 진화라도 한 것처럼 말이다."

타카코를 바라보는 그의 눈빛은 얼음처럼 차가웠다. 그가 오른손을 내밀며 말했다.

"타카코! 내 손을 잡아라."

"예, 주인님."

타카코가 자신의 손을 잡자 청년은 눈을 감았다.

그가 무엇을 하려는지 눈치챈 사토는 행여나 방해라도 될까 봐 숨을 멈췄다.

예전에 청년이 그에게도 했던 능력이라 두 사람 사이에 무엇이 오가는지 잘 아는 것이다.

청년의 호흡이 끊어졌다.

깊은 정적 속에 이루어지는 강렬한 집중.

핏빛의 하늘을 배경으로 한 텅 빈 공간에 타카코의 모습이 나타났다.

그의 마음속 세계, 심상이었다.

한 편의 영화처럼 타카코가 겪었던 일들이 빠짐없이 그의 심상에 떠올랐다.

타케시 일행을 추적하던 일, 그들을 제거하고 이혁을 손에 넣는 과정, 멜리사 일행과의 싸움, 이어지는 이혁과의 전투, 그리고 패배.

모든 것을 본 청년은 눈을 떴다.

조각한 듯 매끄러운 그의 미간에는 어울리지 않는 주름이 여러 개 잡혀 있었다.

"이럴 수는 없는데……."

그의 눈치를 조심스럽게 살피던 사토가 물었다.

"문제가 있는 것입니까?"

청년은 인상을 찡그리며 답했다.

"타카코에게 손을 쓴 자가 보이지 않는다."

"혹, 타카코 스스로 각성한 것일 수는 없는 겁니까?"

청년은 고개를 저었다.

"바보 같은 질문이로구나. 이것들은 영혼이 없는 나의 피조물에 불과하다는 걸 잊었느냐? 영혼을 갖지 못한 것들은 진화도 각성도 할 수 없다. 그건 인력으로 바꾸는 것이 불가능한 우주의 법칙이다."

"그럼 어떻게 이런 일이?"

"우주에 원인이 없는 결과는 존재하지 않는다. 타카코는 스스로 각성이 불가능하다. 그런데도 각성하며 능력이 진화했다. 그건 누군가가 개입했다고 보는 게 옳다. 다른 가능성은 존재하지 않아."

청년의 눈빛이 깊게 가라앉았다.

"내가 타카코의 몸에서 그자의 흔적을 읽어내지 못한

다는 건 그자가 나에게 뒤지지 않는 능력자이기 때문이라고 생각하는 게 맞겠지."

사토의 눈이 찢어질 듯 커졌다.

"주인님, 어떻게 세상에 주인님과 비슷한 능력을 가진 자가 있을 수 있습니까? 저는 믿을 수 없습니다."

"나도 믿기지 않는다. 그래서 더욱 그자를 만나고 싶구나. 만나서 사지를 갈기갈기 찢어버리고 그 살을 잘근잘근 씹고 싶다."

그의 입가에 음산한 미소가 떠올랐다.

"감히 내 일에 간섭하다니. 그 대가를 반드시 치르게 해주겠다."

잠시 침묵하며 타카코를 바라보던 그가 시선을 청동빛 무더기와 아키라의 시신으로 돌리며 입을 열었다.

짙은 살기가 일어나 폭풍처럼 사방을 휩쓸었다.

"사토."

"예, 주인님."

"난 이곳에서 아키라에게 카즈야를 심겠다. 너는 타카코와 함께 정선으로 가서 슈이치를 찾아내라."

사토가 허리를 숙였다.

"알겠습니다, 주인님."

사토는 지체 없이 타카코를 데리고 동굴을 떠났다.

청년은 아키라의 시신에게 다가갔다.

일본의 암흑가와 비공식적인 정부의 정보기관에 막강한 영향력을 행사했던 제천회의 회주라는 신분에 비한다면 그의 죽음은 초라하기 이를 데 없었다.

한국이라는 객지에서 관계가 애매하긴 했어도 적이라기보다는 우군에 가까웠던 카즈야에게 죽음을 맞았다.

아마도 그는 자신의 죽음이 너무 어이없어서 지하에서 눈도 제대로 감지 못하고 있을지 몰랐다.

물론 청년은 아키라가 지하에서 어떤 얼굴을 하고 있을지 먼지 한 톨만큼의 관심도 없었다.

카즈야와의 싸움은 굉장히 격렬했던 듯했다.

아키라가 입고 있는 옷은 걸레처럼 찢어져 너덜거렸다. 그리고 드러난 피부도 난자당해 피에 전 채 시뻘건 속살과 뼈를 드러내고 있었다.

왼쪽 눈은 부서져 있었고, 코뼈와 턱뼈는 으스러졌다. 당연히 입술은 형체를 찾을 수 없었고, 이도 남은 게 서너 개에 불과했다.

청년은 한쪽 무릎을 땅에 대고 앉았다. 그리고 카즈야의 시체 조각 하나를 오른손으로 집어 들고 왼손바닥을 아키라의 이마에 올려놓았다.

곧 그의 오른손이 불에 달군 것처럼 붉게 달아올랐다.

잠시 후 용광로에서 흘러내리는 쇳물처럼 시뻘겋게 변한 오른손의 주위로 수레바퀴처럼 보이는 투명한 형체가 나타났다.

붉은 수레바퀴는 천천히 회전을 하고 있었는데 시간이 갈수록 속도가 빨라졌다. 그리고 3, 4초가 지나자 붉은 선만 보일 뿐 형체를 분별할 수 없게 되었다.

동시에 청년의 오른손에 있던 카즈야의 시신 조각이 녹듯이 스르르 사라지며 꿈틀거리는 붉은 안개 덩어리로 변했다.

청년은 오른손을 왼 손등에 가져다댔다.

붉은 안개 덩어리가 왼 손등을 통해 아키라의 이마 속으로 스며들었다.

청년은 손을 떼고 자리에서 일어났다.

그가 손을 뗐는데도 변화는 계속되었다.

부서졌던 눈이 생성되고 코와 턱, 입술과 이들이 자리를 잡고 새로 만들어졌다. 타카코에 비할 수 없이 느린 속도이긴 했지만 뼈와 살이 재생되고 있었다.

1분도 지나지 않아 아키라는 생전의 모습을 되찾았다.

약식으로 행한 것임에도 혈륜은 가공할 공능을 그대로 드러냈다.

아키라의 변화를 지켜보던 청년이 입을 열었다.

"카즈야, 일어나라."

그 말을 알아들은 듯 아키라의 굳게 감겼던 눈꺼풀이 올라가며 흑백이 뚜렷한 눈동자가 나타났다.

그는 느릿하게 일어나 청년의 앞에 무릎을 꿇으며 이마를 바닥에 댔다.

"주인님."

청년은 무표정한 얼굴로 몸을 돌리며 앞으로 걸어나갔다. 그의 걸음이 빨라졌다.

아키라의 형상을 한 카즈야가 그 뒤를 따랐다.

＊　　　＊　　　＊

해발 1,256m의 청옥산은 강원도 평창군과 정선군의 경계에 있는 산이다.

높은 산이지만 등산로가 평탄하고 잘 관리된 자연 휴양림도 있어서 관광객이 많이 찾는다.

이혁은 청옥산에 있는 네 개의 등산 코스 중 가장 긴, 한치동에서 시작해서 수리재에서 끝나는 길 위에 있었다.

정확하게는 정상을 넘어 서남능선을 타고 삿갓봉으로 가는 길의 한구석에 덩그러니 놓여 있는 넓적한 바위에 엉덩이를 대고 앉아 있었다.

그는 혼자가 아니었다.

너무 아름다워서 이런 산길에서 볼 수 있을 것이라고는 도저히 생각할 수 없는, 속이 비치는 검은색 와이드팬츠와 흰색의 나시 블라우스 차림의 미인과 어깨를 나란히 하고 앉아 있었다.

20대 중반으로 보이는 키가 큰 여자는 풍성하고 윤기 흐르는 긴 생머리와 그린 듯 아름다운 이목구비의 소유자였다.

여인이 나타난 건 불과 몇 초 전이었다.

그녀는 마치 유령처럼 공간을 찢으며 튀어나와 텅 비어 있던 이혁의 옆자리에 앉았다.

그는 여인의 등장에도 전혀 놀라지 않았다. 잠시 여인을 아래위로 두어 번 훑어보던 이혁이 고개를 갸우뚱하며 물었다.

"크리스, 지금 그 얼굴도 진짜 아니죠?"

이 세계에서 가장 강력한 국가와 동맹을 맺고 있는 초상 능력자 그룹인 독수리의 발톱의 수장 크리스티나는 빙긋 웃으며 말을 받았다.

"나도 내 본 얼굴이 어땠었는지 기억이 나지 않아요."

"언제나 지금 같은 외모를 유지할 수 있다면 본 얼굴이야 잊어도 그만일 것 같기는 하네요."

"마음에 들어요?"

크리스티나의 말에 이혁은 풀썩 웃었다.

"훗, 그냥 아름답다는 말입니다. 죄송하게도 지금의 그 얼굴은 제 취향하고 거리가 좀 많이 멉니다."

"그래요?"

크리스티나가 길고 하얀 손가락으로 선이 고운 뺨과 턱을 부드럽게 쓰다듬으며 말을 이었다.

"한국 사람들이 가장 선호하는 여성의 얼굴선을 뽑아 만들어냈는데 켄의 취향과 거리가 멀다니 굉장히 유감이 네요."

"흐흐흐, 유감을 느끼실 리가. 그런 쪽에는 관심도 없 으시면서."

낮게 웃은 이혁이 불쑥 물었다.

"그런데 테드와 부부 사이라고요?"

크리스티나가 웃으며 되물었다.

"몰랐었나요?"

"말을 해주지 않으셨잖습니까."

"전 켄이 알고 있는 줄 알았지요."

"쩹, 키안이 말해주지 않았으면 계속 모르고 있었을 겁니다."

그가 눈을 장난스럽게 치뜨며 크리스티나에게 물었다.

"그런데 남성 취향이 테드 쪽이셨습니까? 그 노인네 성격 진짜 특이해서 맞추기가 쉽지 않을 것 같던데."

"그래서 이혼했죠. 아무튼 그건 나와 테드의 사생활이에요, 켄. 깊이 알려고 하면 다쳐요."

이혁은 어깨를 으쓱하며 입에 지퍼 채우는 시늉을 했다.

"사소한 일에 목숨 걸지는 않습니다, 크리스. 흐흐흐."

두 사람은 마주 보며 웃었다.

이혁은 한국을 떠난 후에 크리스티나를 알았다.

알고 지낸 지 얼마 되지 않은 것이다.

두 사람 모두 시간을 초 단위로 쪼개 써야 할 만큼 바쁘게 사는 사람들이라 자주 만나지도 않았다. 그런데도 그들의 사이는 꽤 좋은 편이었다.

그들은 한 방면의 정점에 도달한 대가이자 초강자들이었다. 강자를 존중할 줄 아는 사람들인 것이다.

"멜리사에 대해 들은 거 있습니까?"

"태화산 쪽에 은신하고 계세요."

태화산은 충북 단양과 강원 영월에 걸쳐 있는 산이다.

이혁은 걱정스런 눈빛으로 연이어 물었다.

"상처는요?"

"내부에 입은 상처가 좀 깊었지만 거의 다 회복하신 걸로 알아요. 그 정도 상처에 누워만 계실 정도로 허약한 분들은 아니니까요."

"다행이군요."

이혁의 안색이 한결 밝아졌다.

정보에 밝은 테일러도 멜리사 일행이 어떻게 되었는지는 알지 못했다.

상황이 너무 빠르게 변하는 데다가 한국은 그의 정보망이 온전하게 가동되지 않는 지역이기 때문이다.

이혁도 그것을 모르지 않아서 테일러에게 재촉도 못하고 답답해만 하고 있던 터에 크리스티나가 그것을 풀어준 것이다.

이번에는 크리스티나가 물었다.

"그런데 켄은 아직 미스 강과 연락하지 않은 것 같던데, 괜찮겠어요?"

"테일러에게 소식을 전하라고 해두었습니다. 누나와 직접 통화하면 당장 돌아오라고 난리 칠 게 뻔해서."

이혁은 멋쩍은 듯 미소를 지으며 대답했다.

"뒷감당을 할 수 있겠어요?"

이혁은 고개를 저었다.

"당연히 못하죠, 누나가 어떤 사람인데. 그래도 지금

은 별수 없습니다. 다친 데 없이 멀쩡하다는 소식을 전하는 것으로 만족해야죠."

크리스티나의 눈이 반짝였다.

그녀는 이혁의 말에서 묘한 감정의 뉘앙스를 느꼈다.

"소식을 전하면 그녀가 오히려 더 걱정할까 봐서 그러는 거라고 생각했는데 그게 아니군요. 켄은 그녀의 목소리를 들으면 마음이 약해질까 봐 두려운 거죠?"

이혁의 눈썹이 꿈틀거렸다.

씁쓸한 기색으로 그가 입을 열었다.

"노코멘트입니다."

크리스티나의 눈이 반짝거렸다.

"호오, 켄의 마음을 약하게 만드는 여자가 세상에 있을 줄은 몰랐네요. 이거 정말 큰 사건인데?"

쉽게 가실 것 같지 않은 호기심이 잔뜩 배어 있는 말투라 이혁은 고개를 휘휘 저었다.

그의 모습에 크리스티나가 빙그레 웃었다.

"오랜만에 만난 회포도 풀었으니 이제 좀 진지해질까요, 켄?"

"듣던 중 반가운 말씀이십니다."

이혁은 힘차게 고개를 끄덕였다.

크리스티나가 부드러운 목소리로 말했다.

"가네무라 슈이치가 정선에 있다는 정보가 빠르게 확산되고 있어요. 알고 있나요?"

"테일러에게 들었습니다."

"그럼 얘기하기가 쉽겠군요. 한국에 들어와 있는 조직과 가문은 물론이고 이번 일에 시큰둥하던 해외의 조직들까지 비행기를 타고 이리로 날아오고 있어요."

이혁은 빙긋 웃었다.

"오호, 판이 정말 커지고 있군요. 스릴이 넘치는데요!"

크리스티나가 곱게 눈을 흘기며 말을 받았다.

"켄이 시작했으면서 남의 일처럼 말하는군요."

"어떤 사람이 잘 쓰는 화법인데 다들 이걸 유체이탈 화법이라고 하더군요. 듣는 사람은 짜증 게이지가 극한까지 차오르지만 말하는 입장에서는 정말 편한 대화의 기술이죠."

크리스티나가 어쩔 수 없다는 듯 웃으며 고개를 휘휘 저었다.

"그렇게 쉽게 얘기하기엔 사안의 확장 속도가 너무 빨라요. 이제는 어느 한 조직이나 가문이 상황을 통제할 수 없는 지경까지 되었어요."

"그 정보의 출처가 어디죠?"

크리스티나는 고개를 저었다.

"몰라요."

"그런데도 정보를 믿는다는 겁니까?"

"처음에는 믿지 않았죠. 하지만 곧 믿을 수밖에 없게 되었어요. 정보가 두 번째로 생성되었을 때 출처를 상관할 필요조차 없는 자료가 첨부되어 있었거든요."

그녀의 말에 이혁의 안색이 변했다.

초상 능력자들이 출처를 의심하지 않을 만한 무게의 자료는 단 한 가지뿐이었다.

"불멸인자 연구 자료……."

"맞아요. 단 몇 줄에 불과하고 능력자가 아니라면 알아볼 수도 없는 자료가 첨부된 정보예요. 의심할 여지가 없는 그 자료 때문에 능력자들이 정선으로 몰려들고 있는 거죠."

그녀가 조금 굳어진 목소리로 말을 이었다.

"에이단이 쉬지 않고 광역 탐지로 상황을 파악하고 있긴 하지만 제대로 된 그림을 그리지 못하고 있어요. 강자들이 속출하는 데다가 변화의 속도가 너무 빨라요."

그녀는 한숨을 내쉬었다.

"제이슨이 가진 역량은 이번 일에는 도움이 되지 않아요. 정보 파악의 대상이 하나같이 가공할 능력을 가진 자들이라 평범한 정보원들은 거의 쓸모가 없거든요."

이혁은 고개를 끄덕였다.

크리스티나에게 정보를 제공하는 건 에이단과 제이슨이었다.

둘 중 더 광범위한 영역의 정보는 한국 내의 CIA를 총괄하는 제이슨이 담당했다, 에이단은 초상 능력자들을 맡았고.

제이슨은 최선을 다하고 있을 터였다. 그러나 그가 상대해야 하는 자들은 접근하기조차 쉽지 않은 강자들이었다.

당연히 정보 파악이 쉽지 않았을 것이다.

"둘이 고생을 많이 하고 있는 중이에요. 그래서 다른 정보를 얻는 건 어렵지 않았어요. 하지만 켄이 겪은 것들에 대한 정보를 파악하는 데는 아무래도 한계가 있더군요. 무슨 일이 있었는지 말해주겠어요?"

"기꺼이 말씀드리죠, 나도 크리스의 도움이 필요하던 참이니까요."

이혁은 성북동에서 만났던 적에 대한 이야기부터 타카코를 쓰러뜨리고 자리를 벗어나던 순간까지의 일을 가감 없이 크리스티나에게 말해주었다.

이야기가 진행될수록 그녀의 안색이 진지해졌다. 그리

고 끝날 무렵에는 심각하게 굳어졌다.

이야기가 끝이 났다.

이혁은 입을 다물고 아름드리나무들 너머로 보이는 먼 하늘에 시선을 주었다.

크리스티나가 이혁의 옆모습을 보며 물었다.

"그녀의 재생 시스템을 직접 겪은 켄의 생각을 알고 싶군요."

"보면서도 그런 것이 가능하다는 게 믿기지 않더군요. 크리스, 내가 본 그 여자 몬스터는 이미 불사에 근접해 있는 존재였습니다. 지금의 내가 가진 어떤 기법으로도 그것을 완전히 소멸시키는 건 불가능했습니다."

크리스티나는 아름다운 얼굴을 찌푸렸다.

"하아, 켄, 정말 믿기 힘든 말이로군요."

그녀는 이혁이 어떤 특성의 무예를 익히고 있는지 잘 알고 있었다.

이 세상에 정면 승부에서 그와 대등하게 싸울 수 있는 능력자는 여럿 있을 수 있지만 은신한 상태에서 암살을 감행하는 그를 막을 수 있는 자가 거의 없다는 것도 잘 알았다.

그녀도 방어를 자신하기 힘든 게 이혁의 사문 무예였다. 그래서 그를 알게 된 후 관계 설정에 신중을 기했었다.

적으로 돌변했을 때 가장 상대하기 힘든 게 이혁과 같은 특성의 능력자였으니까.

그래서 지금 그의 말을 받아들이기 더 어려울 수밖에 없는 것이다.

그녀는 곤혹스러워하는 기색이 역력한 목소리로 말을 이었다.

"이 세상에 존재하는 그 어떤 초상 능력자들의 조직과 가문도 그런 재생 시스템을 만들 수는 없어요. 그것을 만들 수 있는 자들이 있었다면 이 세계의 질서는 벌써 재편되었을 테니까요."

이혁도 동의의 표시로 고개를 끄덕였다.

그는 불멸인자 연구의 파편에 의해 창조된(?) 존재들과 싸운 경험이 많았다.

대전에서, 아프리카에서, 프랑스에서, 한국에서.

그는 세계 각지에서 다양한 초상 능력을 가진 적과 싸워왔다. 그들은 여러 가문과 조직에서 만들어낸 존재들이었다. 그래서 더욱 크리스티나의 의견에 동의할 수밖에 없었다.

그가 싸운 어떤 능력자도 여자 몬스터(타카코)와 같은 재생 시스템을 갖고 있지는 않았으니까.

그녀가 이혁을 보며 물었다.

"혹시… 이시이 시로의 작품이 아닐까요?"

그녀의 목소리에는 힘이 들어가 있지 않았다. 확신하지는 못하기 때문이었다.

그녀는 부하들이 보내온 이시이 시로에 대한 여러 정보를 손에 넣었다. 하지만 그것들은 정황에 따른 추정이었을 뿐 그의 생존을 확인해 줄 정도까지는 되지 못했다.

이혁은 콧등을 찡그리며 대답했다.

"저도 그자라면 가능성이 있지 않을까 생각하는 중입니다. 세상에서 모습을 감춘 지 반세기가 넘는 진성 사이코패스 변태니까요. 그자가 세상의 뒤편에서 몰래 저런 괴물을 만들어냈다 해도 그리 놀랄 일은 아니죠."

이혁의 퉁명스런 말투에 크리스티나는 풋하는 작은 소리를 내며 미소를 지었다.

무겁게 가라앉았던 분위기가 한결 밝아졌다.

이혁이 말을 이었다.

"그 여자 몬스터를 창조한 놈이 누구든 반드시 이번 기회에 찾아서 제거해야 합니다."

그의 눈빛이 강해졌다.

"청동거인은 전투력이 뛰어나긴 했지만 상대하지 못할 정도는 아니었어요. 하지만 그 여자 몬스터는 달랐습니다. 여러모로 상대하기 힘든 능력자였죠. 그리고 저는 그것의 재생 시스템보다 엄청나게 빠른 속도로 진화를 거듭하는 능력이 더 인상적이더군요."

"진화… 라고요?"

반문하는 크리스티나의 안색은 심각해 보일 정도로 진지했다.

이혁은 고개를 끄덕였다.

"그것의 습득 능력이 불가사의할 정도로 빨라서 마치 다른 단계로 진화하는 것처럼 느껴지더군요."

그는 타카코가 어떻게 다른 자들의 능력을 복사하고 사용하는지 눈으로 본 그대로 이야기했다.

크리스티나는 믿을 수 없다는 듯 눈을 크게 떴다.

"흉내가 아니라 초상 능력을 복제한단 말이에요? 그게 가능하다고요?"

"믿거나 말거나인데… 믿으시는 게 나중에 직접 보셨을 때 충격이 덜 할 겁니다."

"하아… 어떻게 그런 능력이?"

초상 능력의 복제는 가볍게 여길 문제가 아니었다.

역대 어떤 능력자도 타인의 초상 능력을 복제하지 못했다. 그런 자가 존재한다는 기록도 없었다.

그리고 그런 능력자가 존재했다면 세상이 지금과 같을

리도 없었다.

그런 자가 실재하고 질서를 재편하려 한다면 무슨 수로 그를 막을 수 있을 것인가.

세계는 그의 의지대로 변했을 것이다.

이혁은 고개를 돌려 크리스티나의 눈을 보았다.

"크리스, 그 여자 몬스터가 괴물 같은 능력을 가진 건 맞지만 아직 완전하지는 않은 듯했습니다."

"무슨 말이죠?"

이혁은 눈을 빛내며 대답했다.

"초상 능력을 복제하는 건 맞지만 전부는 아닙니다. 그것은 멜리사 일행분이 가졌던 정신 제어 능력은 복제하지 못했고, 멜리사의 정령 소환 능력과 제가 익힌 무예도 복제하지 못했습니다."

"복제에도 일정한 한계와 패턴이 있다는 말이군요."

"그렇습니다. 한 번의 싸움에서 얻은 데이터밖에 없어서 추론이 제한적이긴 하지만 그것의 능력이 불완전할 가능성이 큽니다. 문제는 아직 개발이 되지 않아서인지 아니면 태생적인 한계인지를 모르겠다는 겁니다."

"아직 능력의 개발이 덜 된 것일 뿐이라면……."

크리스티나의 중얼거림을 이혁이 받았다.

"재앙이죠."

단정적인 어조였다.

크리스티나는 그의 말에 이의를 제기하지 못했다.

이혁과 멜리사 일행, 타케시와 타이료오바타 요원들의 연합을 단신으로 깬 괴물이었다.

그런 괴물이 아직 능력 개발이 덜 된 미성숙 상태라는 게 진실이라면 상상만 해도 끔찍한 일인 것이다.

이혁이 크리스티나의 눈을 바라보며 말을 이었다.

"다행히 그것과 같은 능력을 가진 괴물은 하나밖에 없는 듯합니다. 어떤 놈이 그것을 만들었든 이 상황에 그런 게 더 있었다면 하나만 보내지 않았겠죠."

크리스티나도 고개를 끄덕였다.

이혁이 강한 어조로 말했다.

"그러니까 지금밖에 기회가 없습니다. 타케시와 부하들, 멜리사와 두 분의 현인, 그리고 저까지 힘을 합치고서도 그 여자 몬스터 하나를 소멸시키지 못했습니다. 그렇기는커녕 그 자리를 피하기 바빴죠."

이혁은 장난스럽게 혀를 차며 말을 이었다.

"쩝, 그것과 같은 능력을 가진 몬스터가 둘 이상이 등장하면 게임오버입니다. 그런 괴물이 두셋씩 몰려다니며 싸움을 걸어온다면 버틸 조직이 있겠습니까?"

크리스티나는 눈가에 그늘이 졌다.

생각하기도 싫은 그림이었다.

이혁이 어깨를 으쓱하며 말했다.

"그런 상황이 닥친다면 싸우는 건 애당초 포기하고 살 길부터 먼저 찾아야 할 겁니다. 시간이 지날수록 상황은 악화될 게 뻔합니다. 그전에 놈을 찾아 제거해야 해요."

말투는 가벼웠지만 내용은 반대였다.

크리스티나는 씁쓸하게 웃으며 말을 받았다.

"뭔가 끔찍하고 암울한 미래에 대한 예지네요."

"그 정도까지야, 그런 것들 다 때려 부셔서 지옥으로 보내면 미래는 이 나라의 가을 하늘처럼 맑고 푸를 겁니다. 흐흐흐."

이혁이 낮게 웃으며 말했다.

"켄은 언제나 긍정적이군요. 그런 면은 정말 마음에 들어요."

크리스티나는 진심이었다.

그녀는 이혁을 알고 난 후 그가 우는소리를 하는 걸 들어본 적이 없었다.

이혁이 빙긋 웃으며 말을 받았다.

"…기분뿐이라는 게 아쉽긴 하지만 그걸로 조금은 나아지니까요."

해가 많이 기울었다.

바람은 선선했고, 숲의 그림자는 길어졌다.

밤이 오고 있었다.

이혁이 고개를 돌려 크리스티나를 보면서 말했다.

"크리스, 그자를 찾는데 힘을 보태주셨으면 합니다."

크리스티나가 그와 시선을 맞추었다.

이혁이 말을 이었다.

"슈이치나 그가 갖고 있다는 불멸인자 연구를 손에 넣는 작업보다 제 부탁을 우선해 달라는 게 아닙니다. 그 몬스터를 만든 자도 정선에 올 겁니다. 나를 잡으려고 그렇게 애를 썼던 걸 보면 분명합니다. 제 부탁은 슈이치를 찾는 중에 그자를 발견하면 외면하지 말아달라는 겁니다."

이혁의 말투는 담담했지만 진심이 담겨 있었다.

이전에도 도움을 주는 동료의 중요성을 부인하지 않았던 그다. 하지만 이번 일을 겪으며 동료의 존재가 얼마나 귀중한지 뼈저리게 느꼈다.

독불장군처럼 굴어서는 당면한 문제를 해결할 수 없다는 걸 확실하게 깨달은 것이다.

지금 그와 보조를 맞출 수 있는 사람은 크리스티나와 독수리의 발톱뿐이었다.

크리스티나는 금방 대답하지 못했다.

생각에 잠긴 그녀의 눈빛이 깊어졌다.

가네무라 슈이치가 갖고 있을 것으로 추정되는 불멸인 자 연구의 자료는 무엇과도 비교할 수 없을 만큼 귀중했다.

이 세상에서 그것의 진정한 가치를 알고 있는 사람은 몇 되지 않는데 그중 한 명이 크리스티나였다.

그녀가 몬스터의 창조자를 잡는 일에 힘을 분산시킨다면 슈이치는 다른 조직의 손에 떨어질 가능성이 커진다.

그것이 현실이었기 때문에 이혁의 제안을 받아들이는 건 쉬운 일이 아니었다.

그렇다고 부탁을 외면하기도 어려웠다.

그 몬스터를 창조한 자가 이혁을 노리는 목적은 분명했다.

가네무라 슈이치의 행방에 대한 정보.

이혁이 잡히고 난 후에 다름 차례가 독수리의 발톱이 될 수도 있는 것이다.

그녀가 물었다.

"켄은 내게 무엇을 해줄 수 있죠?"

이혁이 빙긋 웃으며 대답했다.

"이 나라를 떠나는 순간까지 크리스의 친구로 남아 있겠습니다."

크리스티나의 눈빛이 별처럼 반짝거렸다.

이혁의 말은 특별할 게 없는 단순한 표현이었다. 하지만 그 안에 담긴 의미까지 단순하지는 않았다.

그녀는 그가 한 말의 의미를 온전하게 이해했다.

비록 이 나라에서라는 전제가 붙기는 했지만 이혁과 같은 전투의 스페셜리스트를 친구로 둔다면 이곳처럼 초강자가 속출하는 살벌한 전장에서는 여벌의 목숨을 하나 더 가지고 있는 것이나 다를 바 없었다.

게다가 이혁이 말한 친구라는 단어에는 뒤통수를 치지 않겠다는 의미도 들어 있었다.

크리스티나는 이것에 더 매력을 느꼈다.

그녀는 키안으로부터 이혁이 불멸인자 연구와 관련된 모든 것을 파괴할 생각이라는 것을 들었다.

그가 슈이치를 먼저 발견한다면 어떤 일이 벌어질지는 명확했다.

지체 없이 모든 것을 파괴할 것이다.

크리스티나라 해도 그를 막는 건 쉬운 일이 아니었다.

그에게 질 거라고는 생각하지 않았다. 하지만 이기는 건 다른 문제였다.

목숨을 걸어도 장담할 수 없는 게 그와의 승부였다.

고민할 수밖에 없는 상황에서 이혁이 내민 제안은 상

당히 유혹적이었다.

그녀가 부탁을 수락한다면 내키지 않는 그와의 싸움은 염두에 두지 않아도 되었다.

물론 전제는 있었다, 독수리의 발톱에서 이혁보다 먼저 슈이치를 발견해야 한다는.

그러나 그렇게만 된다면 연구 자료의 파괴는 더 이상 걱정할 필요가 없었다.

이혁이 말한 친구라는 의미에는 독수리의 발톱이 먼저 목표를 손에 넣으면 전력을 다해 그들을 보호하겠다는 의미도 포함되어 있었기 때문이다.

아무튼 크리스티나는 이혁이 여자 몬스터(타카코)를 창조한 자를 얼마나 중시하고 있는지 알 수 있었다.

이혁이 여자 몬스터의 창조자에게 불멸인자에 버금가는 가치를 부여하지 않았다면 이런 제안은 하지 않았을 테니까.

그녀의 입가에 미소가 떠올랐다.

결론이 났다는 걸 충분히 짐작할 수 있는 표정이었다.

부탁을 들어주기 위해서 포기해야 하는 것보다 얻는 것이 더 많았다.

그녀가 웃으며 물었다.

"켄, 먼저 가네마루의 연구 자료를 손에 넣는다면 그

걸 내게 넘겨줄 수는 없는 건가요?"

이혁은 흰 이를 드러내며 씨익 웃었다.

"이미 많이 양보했습니다, 크리스."

크리스티나는 아쉬운 듯 입맛을 다시며 고개를 끄덕였다.

"알았어요. 켄의 제안을 받아들이지요."

이혁은 엉덩이를 털면서 자리에서 일어났다.

크리스티나도 일어나 마주 보았다.

그녀가 말했다.

"할 얘기가 많았는데 시간이 부족하네요."

이혁은 콧잔등을 긁으며 어색하게 웃었다.

"시간이 충분할 때 딴짓했던 내 탓입니다."

크리스가 이혁에게 가볍게 윙크를 하며 말을 받았다.

"키안이 오늘 중으로 입국할 거예요."

"예? 테드가 괴롭혀서 그는 한국에 들어올 수 없는 상황이라고 들었는데요?"

이혁이 눈을 크게 뜨며 반문했다.

"호호호, 테드가 던져 준 문제가 생각보다 빨리 해결되어서 시간을 낼 수 있게 된 것 같아요. 도착하는 대로 켄을 만날 수 있도록 조치할게요. 키안이라면 큰 도움이 될 거예요."

"그렇게 해주신다면 정말 감사하죠."

크리스는 이혁에게 손톱 두 개를 합친 것만 한 크기의 작은 이어폰을 건네주었다.

"나와만 통화가 가능하도록 만든 통신기예요. 현존하는 어떤 장비로도 도청 불가니까 안심하고 말해도 돼요."

"알겠습니다, 크리스."

이혁은 크리스가 내민 손을 마주 잡았다.

그녀의 입가에 고운 미소가 떠오르는가 싶더니 이내 연기처럼 사라졌다.

이혁은 가볍게 기지개를 켜며 목을 좌우로 비틀었다.

두둑, 두둑.

목뼈가 퉁겨지는 소리가 기분 좋게 났다.

정선이 있는 방향으로 고개를 돌린 그의 눈빛이 서늘해졌다.

'괴물의 창조자가 크리스가 언급한 이시이 시로일까? 가능성은 그자 외에도 가네무라 슈이치가 있지만 가네무라일 가능성은 희박하다. 그였다면 괴물이 나를 찾을 이유가 없으니까.'

지금 여러 능력자 가문과 조직에서 그를 찾는 건 그가 가네무라 슈이치의 행방에 대한 단서를 갖고 있을 것이라고 믿기 때문이있다.

괴물의 창조자가 가네무라 슈이치라면 그를 찾을 이유가 없는 것이다.

본인의 행방을 찾기 위해 이혁을 확보하려고 할 바보는 없을 테니까.

'이시이 시로… 가네무라 슈이치를 제외하면 가능성이 가장 큰 놈은 그자다. 이 세상에서 '혈륜'을 완전하게 돌릴 수 있는 유일한 놈이니까.'

이혁은 미간을 찡그렸다.

'하지만 그것도 이상해… 이시이 시로가 그 괴물을 창조한 자라면 왜 지금까지 세상의 뒤에 숨어 있었던 거지? 당장 세계의 질서를 바꿔놓을 수 있는 능력을 가지고? 그런 창조력을 갖고 가네무라 슈이치를 찾는 이유는 뭐고. 결국 괴물의 창조자가 이시이 시로라고 단정할 수도 없어. 선입견은 위험하다. 편견을 갖지 말고 마음을 열어놔야 해.'

그는 한숨이 나오려는 것을 억지로 참았다.

너무 궁금해서 머리가 아플 지경이었지만 해답이 될 만한 단서를 손에 넣거나 당사자에게 설명(?)을 듣지 않는 한 풀리지 않을 의문들이었다.

'그보다 상황이 변했다. 가네무라 슈이치가 정선에 있다는 믿을 만한 정보가 나왔다. 그런데도 괴물은 나를 찾아올까? 만약 찾아온다면 가네무라에 대한 정보가 허위이거나 내게 다른 걸 원한다는 건데… 닥치기 전에는 알 수 없는 것들뿐이로군, 빌어먹을…….'

속에서 욕이 저절로 나왔다.

무엇도 예측하기 어려운 상황이었다.

그는 천천히 걸음을 옮겼다.

'정선에 가보면 알겠지, 죽인지… 밥인지…….'

두 걸음을 내딛었을 때 길 위에 그의 모습은 더 이상 보이지 않았다.

시원한 산바람이 발소리를 죽이고 다가와 이제는 사람의 흔적이 남아 있지 않은 바위를 가만히 쓰다듬으며 지나갔다.

〈『켈베로스』 제14권에서 계속〉

1판 1쇄 찍음 2016년 8월 8일
1판 1쇄 펴냄 2016년 8월 12일

지은이 | 임준후
펴낸이 | 정 필
펴낸곳 | 도서출판 **뿔미디어**

편집장 | 이재권
기획 · 편집 | 문정흠

출판등록 | 2002년 9월 11일 (제081-1-132호)
주소 | 경기도 부천시 원미구 소향로 17번길(두성프라자) 303호 (우) 14544
전화 | 032)651-6513 / 팩스 032)651-6094
E-mail | bbulmedia@hanmail.net
홈페이지 | http://bbulmedia.com

값 8,000원

ISBN 979-11-315-7332-7 04810
ISBN 979-11-315-1140-4 04810 (세트)

www.bbulmedia.com